D0197918

Fernanda y los mundos secretos

FONDO DE CULTURA ECONÓMICA

Primera edición, 2004
Tercera reimpresión, 2007

Chávez Castañeda, Ricardo
Fernanda y los mundos secretos / Ricardo Chávez Castañeda. – México : FCE, 2004
136 p. ; 23 × 14 cm – (Colec. A Través del Espejo)
ISBN 978-968-16-7055-9

1. Literatura Infantil I. Ser. II. t.

LC PZ7 Dewey 808.068 Cha339f

Distribución mundial

Comentarios y sugerencias:
librosparaninos@fondodeculturaeconomica.com
www.fondodeculturaeconomica.com
Tel. (55)5449-1871 Fax (55)5449-1873

Empresa certificada ISO 9001:2000

Editora: Andrea Fuentes
Dirección artística: Mauricio Gómez Morin
Diseño de portada: La máquina del tiempo®
Diseño de colección: Juliana Contreras / Francisco Ibarra

ISBN 978-968-16-7055-9

Impreso en México • *Printed in Mexico*

Ricardo Chávez Castañeda

Fernanda y los mundos secretos

Fernanda y yo
le dedicamos este libro
a Oliver Sacks

PRIMERA INTRODUCCIÓN

Éste es un libro de secretos. Algo así como un rarísimo diccionario que una niña llamada Fernanda fue formando lentamente. Sucedió igual que cuando entierras una semilla y al principio el suelo permanece quieto. Todos los días riegas y nada... hasta que una mañana encuentras un tallito verde y delgado como el bigote verde de un gato verde, y luego aparecen ramitas diminutas y el tallo engrosa y salen hojas y las hojas se llenan de palabras, y entonces tienes un libro completo.

Así le pasó a Fernanda. Ella ni siquiera sabía que estaba formando un libro. Sólo juntaba secretos y más secretos, los coleccionaba como otras niñas reúnen muñecas u otros niños apilan estampas. Ahora sabe que siempre sucede así: tantos secretos se vuelven como una familia que acaba necesitando un sitio para vivir; algo parecido a una casa con grandes puertas y grandes ventanas.

Este libro es la casa que Fernanda construyó para sus secretos. Aquí sólo pueden entrar quienes quieran saber. Los demás van a cerrar el libro como si le pusieran tablones a las ventanas y echaran llave a las puertas; incluso se taparán los oídos y apretarán los párpados y murmurarán: "no veo, no oigo, no sé".

Está bien. Es bueno que la gente no se introduzca en las casas que no le gustan. Hay libros para cada persona y ésta es una casa adonde únicamente entrarán quienes sientan preferencia por los secretos.

Los secretos son historias que la gente sabe pero no cuenta a nadie más.

Son también las palabras que se murmuran al oído.

Son también las cosas que se guardan en la parte más alta del ropero o en las cajas fuertes.

O sea que son historias, palabras, cosas...

Pero los secretos son, sobre todo, y esto es lo más importante, los sucesos que permanecen ocultos para la mayoría de las personas: un eclipse que nadie ve, un llanto que nadie calma, el nacimiento de una niña o un niño que es diferente a los demás.

Ése fue el gran secreto que descubrió Fernanda. ¡Existen niñas y niños secretos!

Fernanda aprendió pronto que no es fácil descubrirlos porque casi siempre son doblemente secretos.

Secreto uno: lo que los hace diferentes no se refleja en un espejo. Si se paran ante el espejo, las niñas y los niños secretos verán sus dos ojos, su hermoso pelo brillante, sus brazos y sus piernas, y nada más. Ni siquiera ellos pueden contemplar eso que los hace distintos.

Secreto dos: las mamás y los papás, los abuelos, los hermanos y las hermanas de los niños secretos sí saben que ellos son distintos y entonces los cuidan y los protegen del mundo pero, sobre todo, los alejan de esas personas que se convierten en malas cuando están cerca de alguien a quien no saben comprender.

Así que Fernanda primero tuvo que descubrir a los niños secretos y luego acercarse. A veces ella los encontró solos en los patios de los colegios durante el recreo o encerrados en sus casas; o los sorprendió cuando los subían al auto o los bajaban del auto que iba y venía de un extraño hospital.

Fernanda aprendió que todos esos niños no decidieron nacer con el secreto que, sin embargo, nació con ellos, y que siempre los acompañaba como una sombra.

Jugó con las niñas, platicó con los niños, se rió con ambos, y así fue como de pronto Fernanda se encontró con un jardín lleno de flores que no sabía ni que había sembrado ni que había regado: las diez historias secretas de las niñas y los niños secretos.

Luego Fernanda me contó las historias y yo las escribí. Descubrimos que todos estos niños nacieron en un mundo que no está hecho para ellos. Como cuando llegas a una casa donde las sillas están demasiado altas, las llaves del lavabo demasiado apretadas, los libros escritos en otros idiomas. Han aprendido a sobrevivir aquí y a veces, muchas veces, han tenido que guardar silencio para no asustarnos mostrándonos que este mundo que creemos el único posible, no es el único.

Fernanda hizo amistad, por ejemplo, con una niña que sólo ve la mitad derecha de las cosas. Cuando mira un pantalón colgado en el patio secándose al sol, en realidad sólo ve una de las perneras, como si fuera un tubo de tela colgando de una pinza. A Fernanda sólo le conoció la mitad de la cara: uno de sus ojos cafés, la mitad de la nariz donde está su lunar, media boca. Para la amiga de Fernanda no existe la parte izquierda de nada: las bicicletas sólo tienen una rueda, los pájaros vuelan con un ala, nosotros caminamos dando brinquitos sobre el único pie que ella puede ver. Siempre que come arroz o espagueti o un bistec, deja intacta la mitad de la comida. No la ve. Entonces su mamá empuja un poquito el plato hacia la derecha de su hija, y la niña ve aparecer, como por arte de magia, un poco más de arroz. Vuelve a comer y vuelve a dejar la mitad. La mamá le pregunta: ¿todavía tienes hambre? Y si su hija le responde que sí, entonces la mamá empuja otro poquito el plato hacia la derecha y su hija se encuentra con más comida. Para la niña su mamá es como una buena hechicera.

Hay otro niño que podía oler a Fernanda cuando Fernanda estaba del otro lado de la escuela. El niño le decía que era muy sencillo porque ninguno de los doscientos setenta niños que jugaban en el patio tenía su aroma de lluvia. A este amigo de Fernanda le bastaba con olfatearte para saber si estabas triste o enojado o alegre, inquieto o asustado. Nada se le perdía. Le platicó a Fernanda que cada una de sus canicas, que cada uno de sus libros, que cada uno de sus muñequitos de plomo, tenían un olor distinto y entonces, cuando no los encontraba, simplemente seguía su aroma hasta dar con ellos. A Fernanda le contó que era como si cada objeto y cada persona tuvieran un listón colgando de la cintura, y entonces si me quería encontrar a mí, digamos, únicamente tenía que coger el extremo de ese listón verde oloroso a mango de manila que flotaba ante sus ojos, y él comenzaba a enrollarlo, y que al final del listón siempre iba a aparecer yo, como Fernanda siempre aparecía en el remate de ese listón rosado que era el perfume húmedo de la lluvia.

Lo más importante que debe saberse en este libro es que el secreto de cada niño secreto los puso a vivir en un mundo distinto, y por eso contar sus historias es como abrir una puerta hacia esos lugares donde ellos habitan. Fernanda cree que sólo así podemos ver lo que ellos ven, como si viajáramos por tierras inconcebibles, como si nos aventuráramos por reinos desconocidos. Es la única manera para entender lo que significa ser diferente.

Es normal. Así como solemos creer que todos son como nosotros, así solemos creer que siempre seremos los mismos que cada mañana encontramos reflejados en el espejo del lavabo.

Puede ser pero puede no ser.

Es muy fácil saber lo cerca que estamos de la diferencia. Basta con vendarte los ojos y salir al patio, o meter un par de tapones en los oídos y un par de trapitos en la nariz, para que el mundo se convierta en otra cosa: un mundo sin imágenes, o un mundo sin sonido, o un mundo sin olor.

Una vez me rompí la muñeca de mi mano derecha. De un momento a otro tenía el brazo enyesado y descubrí que todo lo tenía que hacer con la mano izquierda. Fue como si de golpe mi vida se hubiera vuelto patas arriba. Ya no era fácil coger la cuchara ni abrocharme los botones ni rasurarme ni escribir. Cuando escribía con mi mano sana, veía aparecer en el papel una letra extraña. No se asemejaba en nada a mi letra de antes.

Durante varios días me lastimé mucho: me prensaba los dedos en las puertas, me picaba con la punta del cuchillo, me quemaba con las ollas. ¡Fue como si de una mañana a otra hubiera amanecido en un sitio distinto! Luego mi hueso sanó.

Las niñas y los niños secretos, sin embargo, no pueden volver. Y no pueden volver porque nunca han vivido aquí. Sólo hay una manera de conocerlos y ser sus amigos: ir a su casa, la casa de los secretos, y entrar a buscarlos. Son diez historias como puertas las que forman este libro y cada puerta lleva a un niño secreto y al mundo secreto que estos niños y estas niñas tienen por hogar.

Bienvenida y bienvenido seas.
O mejor dicho:

En este tapete puedes limpiarte los pies y los ojos y la risa porque lo que aquí verás nunca lo has visto y necesitas caminarlo con los pies descalzos y los ojos como nuevos y una risa suave que no tenga ni espinas ni el filo de los cuchillos. Una risa como puente, porque los puentes son para eso, para ir y venir sobre los abismos, y arribar sano y salvo, sanando y salvando, al otro lado.

ÍNDICE

EL DICCIONARIO

DE LOS

SECRETOS

SECRETO

SECRET

SECRE

SECR

SEC

SE

S

Sh

SH SH SH SH SH SH SH SH SH SH SH SH SH

SSSSSSSSSSSSSSSSSSSSSSSSSHHHHHHHHHHHS

SSSSSSSSSSSSSSSHHHHHHHHHHHHHHHSSSS

SHSHSHSHSHSHSHSHSHSHSHSHSHSHSHSHS

SSSSSSHHHHHHH SSSSSSSHHHHHHHH

SSSHHH SSSSSSHHHHHHHHHH SSSSHHHH

SSSSSSSSSSSSSSHHHHHHHHHHHHHHHHHHHH

SSSSSSSSSSHHHHHHHH SH SH SH

SSSSSSSHHHHHH SSSSSHHHHHH SSSSSHHHHH

ssssssssssssssssssssssssssssssssssssssssssh

sssssssshhhhh

ssssssshhhhhhhh

No leas en voz alta.
No lo digas muy fuerte.

¡FINGE QUE TIENES SUEÑO!

Ahora imagina que el sueño es un ratón y tú eres el agujero de la pared, y el sueño se te ha metido por los ojos y por la boca, y por eso bostezas. Cuando los demás vean el rabo del sueño saliendo de tu boca y de tus ojos van a creer que estás leyendo un libro aburridísimo y entonces no descubrirán que en verdad tienes en tus manos El Diccionario de los Secretos.

El diccionario de los secretos *es como un libro de cacería. En los libros de cacería te dicen qué zapatos debes de usar para que el pasto no cruja cuando te acercas a las cebras; te aconsejan que es mejor vestirte con una playera y unos pantalones verdes, teñirte el pelo de verde y de verde colorearte el rostro, para que parezcas un gran arbusto; te piden que nunca te pongas a favor del viento porque entonces las cebras podrían descubrir tu olor a humano que te brota de la boca y de cada uno de los poros de tu piel; que lo mejor es ponerse en contra del viento que significa sentir que el pelo se te vuela hacia atrás y se te hiela la punta de la nariz; te sugieren que permanezcas quieto y en silencio para que la cebra se acerque remoloneando al arbusto que eres tú; y te ordenan que sólo cuando sientas su hocico húmedo rozándote el pelo, que sólo entonces te revuelvas con rapidez y dispares uno, dos, tres flashazos, y listo, ya tienes casi a punto el álbum fotográfico, y sólo te resta ir a retratar al elefante.*

El diccionario de los secretos *es igual: un libro que te muestra cómo cazar secretos.*

Entre cada historia, Fernanda y yo vamos a enseñarte a buscar y a encontrar secretos y más secretos.

LOS SECRETOS MÁS DIFÍCILES DE CAZAR

Existen unos secretos escurridizos como el agua. ¿Has intentado coger el chorro de agua que brota de la manguera, o una gota de lluvia, o un puñado de río? Así, por entre los dedos, se te escapan esos secretos. Son sigilosos, mudos y, cuando te pones de pie frente a un espejo, no se mueven, simulan que se peinan como tú y que, como tú, se lavan los dientes. Sí, los secretos más difíciles de pescar son los que viven adentro de ti. Son esos secretos que nos habitan pero no lo sabemos y necesitamos de alguien que nos ayude a poner ante nosotros un señuelo para atraerlos fuera de su guarida, que es la parte más honda de nuestro corazón. Casi siempre el señuelo que mejor seduce a estos secretos es otro secreto idéntico, como una gota frente a otra gota de agua. Entonces el secreto asoma atraído la cabeza y, bueno, sucede lo que debe suceder porque la única manera de apresar al agua es con agua: los puños de ríos siempre regresan al río, las lloviznas siempre retornan a la nube.

La niña que tenía el mar adentro

Hubo una vez una niña que se caía mucho. Era como si el suelo se hubiera enamorado de ella y siempre la jalara hacia sí.

```
Estaba d    d    d
                                       n  t  o
       e    e    e                r  o
                               p
       p    p    p          e
       i    i    i      d
       e    e    e   y
```

de pronto estaba abajo,
con la rodilla raspada y
lágrimas en los ojos.

Buscábamos en el piso la grieta o la grava suelta que la tiró pero nos encontrábamos con un pavimento liso y limpio como espejo.

Un día simplemente ella decidió no moverse más. Se sentó en el sillón que daba a la ventana y se convirtió en estatua.

Eso parecía desde afuera y desde adentro de la casa: una niña de piedra.

Lo que nadie entendía ni afuera ni adentro es que un día antes había estado en el parque, en una fiesta de cumpleaños, y que un tío estuvo mucho tiempo grabando las correrías y los pasatiempos de la familia con una cámara de video. En la noche, cuando volvieron a casa, encendieron el televisor y miraron la grabación.

Todos rieron menos ella.

Fue como si hubiera visto un fantasma.

Lo que en realidad vio fue el parque y los árboles y los pasamanos, pero todo quieto, fijo, como de piedra, y sólo entonces entendió que nadie más vivía en un suelo que se movía igual que el mar.

Todas las mañanas en la escuela, cuando los demás niños se formaban en el patio en posición de firmes como

s s s s s s
o o o o o o
l l l l l l
d d d d d d
a a a a a a
d d d d d d
o o o o o o
s s s s s s

ella sufría.

Ella hacía su mayor esfuerzo para no moverse en la fila. Tanto se esforzaba por permanecer quieta que la frente se le llenaba de sudor. Cuando nadie la miraba, abría un poco las piernas y luego otro poco y otro poquito más para no caerse, pero era como si el

suelo se le alejara y luego se le acercara, como

si se i h a y o e a a s
n a d g s r i á
c c e e a c r
l i l u n a t
i a a l i h a
n n l
a t c
r e n
a i

como si cabeceara igual que un caballo bronco
y diera terribles sacudidas.

Y en-
tonces ella
prefería sen-
tarse dentro
de la formación y en
medio del patio, aunque
sus compañeros la mira-
ran y la maestra la re-
gañara porque sólo
así se calma-
ba el suelo.

Hasta entonces no había entendido por qué nadie más se sentaba. Cuando vio la grabación de la fiesta, lo descubrió. Todos estaba parados en u n s u e l o que ella no conocía. Un suelo como un mar congelado, firme igual que la mesa de madera donde ella comía, inmóvil y plano como una enorme tabla: un piso dormido. En la grabación vio que todas sus primas y sus tías estaban tranquilamente de pie, bebiendo chocolate y comiendo pastel, y sólo ella era incapaz de parar de moverse. Se veía a sí misma, en la pantalla del televisor, balanceándose de un pie a otro, oscilando igual que una campana, y fue comprendiendo por qué a ella le resultaba tan arduo subir por la escalera de la resbaladilla y no así a sus primos, quienes se encaramaban saltando de dos en dos los peldaños. Para ella, subir la escalera era como ir trepando por el mástil más alto de un barco, pero además el barco estaba navegando sobre un mar tempestuoso. Los barandales y los escalones no parecían de metal sino de soga trenzada, de soga viva como serpientes anudadas, y por eso ella tenía que fijarse muy bien dónde poner los pies y dónde poner las manos para que no fuera a escapársele el tubo y no fuera a meter la zapatilla de charol entre dos peldaños, en esos huecos de vacío de la escalera que de pronto parecían enormes bocas.

Comprendió también por qué en ocasiones no le era tan fácil acariciar a su perrito.

Su perro
estaba aquí

entonces ella se acercaba

y de pronto su perro estaba acá

su perro

su perro

su perro

su perro

yendo de aquí para allá como si fuera el péndulo de un reloj, y ella se cansaba de intentar acercársele,

se detenía,

y entonces su perrito

su perrito

su perrito

su perrito

era quien, solo, se le
aproximaba meneando
el rabo y le lamía las
rodillas de contento.

Por eso al día siguiente de la fiesta, se levantó de su cama

bajó por la escalera, caminó hasta el sillón, se sentó y ya no se movió.

Había descubierto que sólo ella vivía en ese mundo movedizo, que ella era la única habitante de ese reino líquido como colchón de agua donde cada paso te hacía perder el equilibrio, y se asustó porque se sintió

sola

sola

sola

muy

muy

muy

sola.

Transcurrieron tres días así. Ella hablaba y comía y a veces sonreía con las bromas de su padre y con las cosquillas que le hacía su madre, pero cuando intentaban convencerla de que bajara del sillón, ella se quedaba seria, se volvía hacia la ventana y permanecía muda durante horas con la mirada fija en ese mundo que se desplegaba del otro lado del vidrio, ese mundo dócil y amable como un potro domado donde por alguna razón ella no había nacido.

Su casa se volvió como una sala de aeropuerto. Entraban y salían sus abuelos, sus vecinas, su maestra, sus amigas del colegio, sus primos. Nadie sabía por qué prefería permanecer quieta en el sillón, así que le hablaban de las maravillas de ponerse de pie y caminar. Cada quien le prometía algo.

—Verás que te gusta patinar.

—Vamos a llevar las bicicletas a la parte más alta del monte y desde allí bajaremos como bólidos.

—Y trajeron una resbaladilla nueva y es de muchos colores y llega casi hasta el cielo y cuando te avientas, das vueltas y vueltas como si te deslizaras adentro de un caracol.

—Yo voy a enseñarte, mi hijita, a bailar.

—¿No te gustaría formar parte del equipo de la escuela?

—Mi mamá me compró unas zapatillas de tacón. Tú también puedes tener unas.

—Si corres en la competencia, verás que ganas una medalla.

Ella los escuchaba, asentía amablemente, pero continuaba quieta en el sillón.

Al tercer día, a la hora del atardecer, tocaron de nuevo la puerta. El papá fue a abrir. Sin embargo, en esta ocasión no se encontró ni con un tío, ni con un amigo de su hija, ni con una alumna de la escuela.

Era un anciano blanco quien estaba en la entrada de la casa. Blanco era su pelo, blancas sus cejas, blancos los pelillos que le asomaban por las aletas de la nariz, blancos los pocos dientes que le quedaban en la boca, pero entre todo ese blanco de su cara había algo de otro color, de un rojo chillante como el grito de una sandía, y era el armazón de sus anteojos.

—Con su permiso —dijo y cruzó frente al padre, quien permaneció boquiabierto.

—Buenas noches —murmuró ya en la sala y se inclinó ante la madre, quien también abrió la boca pero no pudo articular palabra.

—He llegado, ya no tienes que preocuparte —le susurró a la niña que continuaba rígida como una estatua, y bajando aún más la voz le secreteó al oído—: yo sé que no quieres bajarte de este sillón para no despertar al suelo.

Entonces fue la niña quien abrió la boca y ya no la cerró por muchos minutos.

—Yo sé que por eso elegiste sentarte ante la ventana y sé también que por eso te gusta mirar la televisión. Así puedes acercarte al mundo... sin tocarlo con los pies, ¿no es cierto? Y también por eso mismo te sientes feliz en una alberca: es como si flotaras en el aire, y entonces no tienes que preocuparte por sufrir una caída.

El anciano se llevó una de sus manos al rostro y se acarició una ceja.

—¿Sabes por qué lo sé? —le preguntó amistosamente, y sin darle oportunidad de responder, se quitó los anteojos rojos y comenzó a caminar en la sala.

La niña no lo podía creer. Se pasmÓ, se sorprendiÓ, se asombrÓ, y su bOca se abriÓ más y más, pero por encima de su pasmo, de su sorpresa y de su asombro, se sintió menos sola.

El anciano se desplazaba por la sala como si estuviera borracho. Caminaba zigzagueando.

Un pie caía aquí

y el otro tendría
que apoyarse acá

porque así caminan
casi todas las personas.

Un pie aquí

un pie acá

pero el anciano daba un

paso aquí

y el otro pie caía acá

y su pie derecho

volvía a apoyarse

y ahora el izquierdo

y ahora el derecho

y el izquierdo

y el derecho

y ¡¡¡¡uf!!!!

Parecía una pelota. Iba chocando con los sillones, y con la mesita de centro, y una vez tuvo que sujetarse de la cortina para no caer.

—Cuando yo camino —comenzó a decir el anciano con voz jadeante y con un dejo de miedo— es como si me subiera en dos zancos larguísimos... que de pronto se acortan... y luego se hacen gruesos como troncos de árbol... y luego angostos como palillos... nunca cesan de cambiar... varían en forma, en ángulo, en posición... ¡y a veces se doblan!

El anciano cayó en el sofá. Permaneció silencioso unos segundos, asido a los antebrazos, reponiéndose del susto, y después se dirigió al padre.

—Ahora, jovencito, hágame llegar mis gafas.

El papá caminó vacilante hasta donde estaba su hija, tomó los extraños lentes rojos que habían quedado sobre un cojín y se los llevó al anciano.

—Gracias, jovencito —murmuró éste al recibirlos, y de inmediato se los puso.

La mamá y el papá cerraron los ojos cuando el anciano se levantó y se dispuso a caminar de nuevo.

Pero esta vez

el anciano puso un pie aquí

y el otro acá

aquí el izquierdo

y aquí el derecho

y
atravesó
la sala
sin
chocar
con
nada.

Llegó junto a la niña, le acarició el pelo y, con su mano izquierda, como si fuera a cubrirle los ojos, midió el tamaño de su cabeza.
—Yo también tengo el mar adentro —le murmuró al oído.

Al día siguiente el anciano volvió. Esta vez la mamá le ofreció un té y el papá, un puro. El anciano llevaba un estuche entre las manos y fue a sentarse junto a la niña. Los papás cogieron un par de sillas del comedor y también fueron a sentarse ante la ventana.
—Siempre se dice que tenemos cinco sentidos —comenzó a decirle el anciano a la niña y le tocó los ojos y le tocó la nariz y le tocó la boca y le tocó las manos y le tocó la oreja.
Dio un sorbo al té y volvió a dejar la taza en la mesita.
—Pero hay más. Existen otros sentidos que son automáticos. Igual que cuando la lavadora deja de lavar y comienza a exprimir, sola, sin que nadie se lo diga. Uno de esos sentidos es el que se pone a funcionar cuando bajamos del carrusel o de las tazas giratorias o cualquiera de esos juegos mecánicos que nos ponen a dar vueltas como rehiletes. Descendemos y al principio todo continúa girando y girando.
Y el anciano comenzó a dibujar círculos con su propia mano. Primero muy rápido y luego cada vez más lento hasta que su mano se quedó estática en el aire.
—Lo que nos permite que el mundo se detenga de nuevo, después de haberlo puesto a girar, es un sentido que llamamos "del equilibrio".
De pronto empezó otra vez a darle vuelta a su mano.
—¿Pero qué pasa? —murmuró—, ¿qué pasa cuando ese sentido se queda ciego o sordo?
El anciano se tocó la cabeza y luego le tocó la cabeza a la niña de piedra.
—Eso nos sucede a ti y a mí.
Luego cogió el estuche que tenía sobre las piernas.
—Por eso tenemos que ayudarle.

Abrió el estuche y los anteojos que sacó de allí no eran rojos ni grandes. Eran unos lentes de armazón rosa, pequeños, pero había algo extraño en su forma.

Antes que la niña pudiera seguir mirándolos, el anciano se los puso.

—¿Me permites? —dijo él a destiempo—. Espero habértelos hecho bien.

La niña cerró los ojos y después los fue abriendo con lentitud.

Lo primero que vio fue el rostro expectante de sus padres y luego la lámpara que pendía del techo y luego a su perrito meneando el rabo... pero los vio igual, como siempre, sin que hubiera ocurrido un mínimo cambio, nada, hasta que descubrió la soga que antes no estaba y ahora se extendía rígida de pared a pared en el comedor.

—¿Lo ves? —preguntó el anciano.

Y cuando ella se volvió para mirarlo, casi pegó un brinco. ¡La soga se había venido con ella! Ahora estaba en la cara del anciano, en su frente, y parecía una profunda arruga rosada. Con sus papás ya no parecía ni soga ni arruga, estaba sobre sus cabezas como el tubo horizontal de una antena de televisión. Adonde mirara, allí estaba, siguiéndola, la línea recta y rosa como... como... como...

—Como un renglón —murmuró el anciano, cual si hubiera adivinado el pensamiento—.

Cuando escribes en una hoja blanca es muy difícil mantener la letra derecha, pero si te ayudas con un renglón entonces las palabras aparecen bien horizontales en el papel.

La niña no lo había escuchado bien porque estaba pensando que la soga y la arruga y el tubo horizontal de la antena sí tenían algo en común.

—¡Son rosas! —casi gritó, y se quitó los anteojos y por primera vez notó lo que hacía extrañísimos a esos lentes. De la montura de los anteojos salía un soporte, como un minúsculo trampolín igual al de las albercas y, al final, atravesado, como la línea donde su juntan el cielo y el mar en las playas, brotaba un alfiler largo y recto de un chillante color rosa.

—Es lo que ves.

El anciano cogió los anteojos de las manos de la niña y se los colocó de nuevo.

—Ahora estás lista para despertar al suelo.

La niña lo miró con ojos redondos de miedo.

—Anda, amiga mía, lo mejor que nos podrían decir es que si somos el mar, también podemos ser el barco. Y yo te lo digo: es hora de que aprendas a navegar.

La niña dudó unos instantes. Cuando extendió la pierna, dejó de ser una estatua; pero apenas puso la punta del pie en la alfombra.

La niña recogió el pie.

—Te prometo que no te caerás —le susurró el anciano.

Lo intentó de nuevo. Era como si el piso respirara. Subía y bajaba como una panza enorme. Luego se sacudía y sacudía como si se hubiera llenado de pulgas. De pronto parecía un suelo de goma.

Cuando la niña
daba un paso,
el piso se hundía
y se hundía
y se hundía más…
y de pronto pegaba un brinco como un gato.

Nadie hubiera podido mantenerse en pie sobre un suelo así, y sin embargo la niña no caía. Al principio había trastabillado un par de veces, también había oscilado, y en una ocasión estuvo a punto de irse de bruces porque sintió que el suelo se le echó encima como una ola, pero ahora apenas se mecía. Llegó hasta la mesa del comedor y cuando dio la vuelta, todos, su mamá y su papá y el anciano, pudieron verle la sonrisa, brillándole en medio de la cara como un sol.

—Soy un barco, soy un barco.

La niña estaba aprendiendo a controlar la tormenta con una simple mirada a la línea horizontal de color rosado que los anteojos fijaban por encima de todas las cosas. Cuando la línea se inclinaba un poco, ella la volvía a poner derecha con un leve movimiento de sus piernas. Ella se movía como un timonel en un barco, examinando constantemente la bitácora, y así fue atravesando el oleaje agitado del suelo hasta llegar a los brazos de su madre.

<table>
<tr><td>N</td><td>m</td><td>v</td><td>a</td><td>s</td><td>e</td><td>l</td><td>f</td><td>d</td><td>l</td><td>e</td></tr>
<tr><td>u</td><td>á</td><td>o</td><td></td><td>e</td><td>n</td><td>a</td><td>o</td><td>e</td><td>a</td><td>s</td></tr>
<tr><td>n</td><td>s</td><td>l</td><td></td><td>n</td><td></td><td></td><td>r</td><td></td><td></td><td>c</td></tr>
<tr><td>c</td><td></td><td>v</td><td></td><td>t</td><td></td><td></td><td>m</td><td></td><td></td><td>u</td></tr>
<tr><td>a</td><td></td><td>i</td><td></td><td>a</td><td></td><td></td><td>a</td><td></td><td></td><td>e</td></tr>
<tr><td></td><td></td><td>ó</td><td></td><td>r</td><td></td><td></td><td>c</td><td></td><td></td><td>l</td></tr>
<tr><td></td><td></td><td></td><td></td><td>s</td><td></td><td></td><td>i</td><td></td><td></td><td>a</td></tr>
<tr><td></td><td></td><td></td><td></td><td>e</td><td></td><td></td><td>ó</td><td></td><td></td><td></td></tr>
<tr><td></td><td></td><td></td><td></td><td></td><td></td><td></td><td>n</td><td></td><td></td><td></td></tr>
</table>

y
cuando
así lo
quiso,
pudo
acariciar
a su
perrito,
quien
siempre
la esperaba
con la
lengua lista
para lamerle
las rodillas.

Dejó de convertirse en estatua, y como que el suelo se desenamoró un poquito de ella porque ya casi nunca la jaló para llenarla de besos con sus labios de grietas y grava.

Lo más importante, sin embargo, es que dejó de sentirse sola…

Porque a veces su mamá se mecía igual que ella antes

y su papá y sus amigas y su maestra y su perrito y

también el anciano de cejas blancas y pelo blanco y vellos blancos

en el pecho porque él también se quitó la ropa y sus

lentes rojos y accedió a meterse con todos al océano donde

la niña que fue estatua recordaba el tiempo en que ella fue

todos los mares y ninguno de los barcos.

LOS SECRETOS QUE SON PÁJAROS

Muchas veces para cazar un secreto no hay que buscar debajo de nada. Ni debajo del tapiz, ni debajo de la piel, ni debajo de la almohada, ni debajo de los alientos terregosos y rancios, ni debajo del silencio.

Fernanda lo aprendió muy pronto. Existen secretos que para ocultarse hacen precisamente lo contrario: no se ocultan. Viven a la luz del día como pájaros y lo raro es que por ser tan visibles, en muchas ocasiones no los vemos, aunque trinan y aletean.

Grandes parvadas de secretos han hecho sus nidos en los cuerpos de las personas. Dormitan en el color del pelo, en el tamaño de la cintura, en el cauce de las arrugas, a través de las cuales puede saberse en qué dirección y con qué fuerza ha transcurrido el río de una vida; en el grosor de los anteojos, en la cantidad de dientes que le faltan a una boca.

Basta mirar con atención uno de esos nidos para que suceda algo como un amanecer y los secretos pájaro despierten y comiencen a cantar los por qué: por qué la tía Martirio se tiñe el pelo de rojo, por qué las arrugas que muestra en la frente el colérico tío Eduardo son como un zarpazo de tigre, por qué los anteojos de la tía Samanta tienen cristales tan gruesos como las superficies congeladas de dos lagos, por qué abuelita se quita la mitad de los dientes cuando se lava la boca.

Eso es lo que hizo Fernanda. Miró las manos dormidas de la mujer de la silla de ruedas. Las miró, las miró... y al fin salió el sol y despertaron los pájaros, y los oídos de Fernanda se llenaron de gorjeos.

La tiabuela que tenía las manos niñas

En los cumpleaños habría que celebrar bien a los festejados. Abrazar todas las partes de su cuerpo porque siempre cumplen años al mismo tiempo las manos y las piernas, la cabeza y los pies. Deberíamos de regalarle un pastel a cada dedo y a cada rodilla, a cada ceja y a cada tobillo, y todos los pasteles tendrían que estar coronados por el mismo número de velas, sesenta y siete, por ejemplo, sesenta y siete velas para la nariz, sesenta y siete velas para la espalda, sesenta y siete...

Bueno, no siempre...

Aquello comenzó en una fiesta. La festejada era una mujer de sesenta años, mi tiabuela, que llevaba sesenta años paralítica y sesenta años ciega. O sea que cuando ella nació, nació también su ceguera y nació también su parálisis que inmovilizó sus piernas y su tronco y sus brazos.

Mi tiabuela sabía infinidad de cosas del mundo porque durante su vida no habían parado de leerle libros. Tendría que decirse que sus familiares no habíamos parado ni de leerle, ni de hacerle todo de todo a fin de ayudarle —darle de comer, peinarla y vestirla, pintarle los labios—, y entonces sus manos habían permanecido quietas sobre su regazo, petrificadas como dos pescados muertos.

Ese día en que sus manos también cumplían sesenta años sucedió algo sorprendente.

Cuando estábamos a punto de empezar a comer se escuchó un estallido en la calle, un estruendo tan grande como el que produciría el hipo de una ballena, así que todos nos levantamos de golpe y echamos a correr hacia la puerta, excepto, por supuesto, tiabuela.

Ella se quedó sola, sentada en su silla de ruedas e imagino que fue llamándonos a cada uno.

—¿Marina, estás ahí?

—¿Alfonso?

—¿Arturo?

—¿Genoveva?

—¿Adriana?

—¿Camila?

—¿Hay alguien aquí?

Pero no había nadie y era su cumpleaños y tenía tanta hambre...

Entonces, sin que ella pudiera observarlo, las manos manchadas y nudosas que siempre habían permanecido inútiles al final de sus brazos, como si no estuvieran allí, como si hubieran vivido eternamente en silencio, esas manos suyas que ella solía llamar "mis sapos muertos", "mis campanas sin badajo", esas manos que nunca se habían movido, comenzaron a arrastrarse sobre la mesa.

Ocurrió así porque tiabuela tenía hambre y el pan dulce que estaba en el centro de la mesa despedía un delicioso olor que se le había colado por la nariz.

Cuando volvimos a casa Marina y Alfonso y Arturo y Genoveva y Adriana y yo, vimos a tiabuela mordiendo una rosquilla y, en medio de la sorpresa, supimos que sus manos acababan de nacer.

Ahora ella está cumpliendo sesenta y siete años y sus manos sólo siete. Sus manos van de aquí para allá como mariposas y se detienen en cada cosa que les sale al paso. Son como unas manos bebés que juegan a las adivinanzas. Resbalan los dedos por un objeto alargado que después se ensancha, y tocan cada una de las puntas hasta que la anciana grita:

—¡Un tenedor!

Luego coge un objeto rectangular de tapa fría; y en la tapa, sus dedos descubren unos orificios minúsculos.

—¡Un salero!

Pero ya no son unas manos bebés. Al principio sí lo tiraban todo. Eran como un par de cachorros que se metían en los entrepaños de la alacena e iban volcando la harina, empujando al suelo los tarros de mermelada, metiendo los dedos en la miel. Luego manchaban las paredes y las cortinas, hasta que tiabuela les decía "ya está bien". Las lavaba con agua tibia, las metía en unos guantes cálidos y las llenaba de besos.

Poco a poco sus manos se volvieron unas manos niñas: inteligentes, graciosas, apasionadas, y tiabuela empezó a entenderlas mejor.

Nunca se cansaban. Cuando no estaban jalándole el rabo al gato, les encantaba asomarse por la ventana para empaparse con la lluvia. A veces se entretenían mucho echándose clavados en la caja de los botones. Pero lo que más les gustaba era conocer gente.

Tiabuela ponía las manos en el rostro de las personas y comenzaba a explorarlos como si sus dedos se convirtieran en lenguas, como si fueran saboreando las curvas de las orejas, la dureza de los pómulos, la rispidez de una barba mal rasurada.

—Ahora ya te conozco —decía a las personas cuando las manos volvían a su regazo, porque sus manos se habían convertido en sus ojos que ella no tenía y acababan de contarle la historia de la cara en turno.

Así fue inevitable que sus manos descubrieran un deseo nuevo: atesorar.

En un inicio, tiabuela lo intentó con papel y engrudo, luego con plastilina, pero no fue sino cuando yo le llevé el barro que sus manos se sintieron listas.

Entonces ella me pidió que me sentara y comenzó a copiarme. Tocaba mi cara y luego le daba forma al barro, hasta que poco a poco mis rasgos comenzaron a aparecer también en el barro y formaron otra Camila, igual que si se tratara de un espejo.

Luego tiabuela llamó a Marina y a Genoveva y a Adriana y a Arturo y a Alfonso.

De un mes a otro, la casa entera se convirtió en algo parecido a un álbum fotográfico porque ella reprodujo no sólo a nuestra familia sino también a sus amigos. Decenas de bustos ocupando las mesas, el remate de la chimenea, las vitrinas, los entrepaños.

—¿Y tú, abuela? —le pregunté entonces.

Y sí, en esa casa que también parecía un museo, faltaba el rostro de ella.

Un domingo, usó el barro como si fuera la superficie inmóvil de un lago, se asomó y dejó allí su imagen.

Después se pasó todo ese día con las manos inmóviles sobre su regazo como en los viejos y malos tiempos, porque acababa de descubrir que sus manos tenían una edad pero su cara tenía otra edad muy distinta.

La pena le duró unas horas, pero al final tiabuela volvió a sonreír.

Desde entonces en cada uno de sus cumpleaños celebra dos veces. Por la mañana, su cumpleaños de vejez, con un pastel y más de sesenta velas. Y por la tarde, su cumpleaños de niña, con ocho velas, como ahora, y una rosquilla.

La verdad es que nunca se come la rosquilla. Además de que su estómago de sesenta y ocho años permanece aún lleno por el pastel de la mañana y su boca de sesenta y ocho años está cansada de masticar tanto pollo de la mañana también y sus orejas de 68 años se hallan cansadas de tanto escuchar "come, abuela, te hace bien", la verdad es que no muerde la rosquilla porque lo único que hacen sus manos niñas de ocho años es recorrer la superficie azucarada, sentir la blandura de la masa y oprimirla un poco como si sus dedos fueran bocas y como si estuvieran besando a aquella otra rosquilla que las ayudó a nacer sesenta años más tarde que sus hermanos brazos, que su hermano cuello, que sus friolentas hermanas rodillas.

LOS SECRETOS QUE SON PAPEL

Siempre que se tiene un secreto se tiene también una tentación: escribirlo.

Quizá suceda así porque uno tiene miedo de que se le olvide.

O quizá porque es una manera de compartirlo sin traicionarlo, compartirlo aunque sea con el papel.

O quizá porque uno sabe que al final de cuentas es importante que otros conozcan nuestro secreto, pues lo peor que puede ocurrir es morirnos con él.

Entonces se escriben los secretos.

Muchos se escriben en libros, y es fácil buscarlos en las librerías dentro de una sección llamada "autobiografías" o "memorias" o "confesiones". Pero la mayoría de los secretos no se ponen en libros. Se van escribiendo acompasadamente en hojas sueltas, en servilletas, en postales, en flacos cuadernos, y no se publican. Se dejan en las mesas de los cafés, en los cajones del guardarropa, bajo la cama, en los bolsillos de un viejo abrigo para que alguna vez alguien los encuentre.

Hay gente que mete las manos en la basura. La mayoría de ella lo hace por hambre y hurgan entre los desperdicios deseando encontrarse con un poco de pan. Pero hay un poco de gente que revuelve la basura para buscar esos secretos que son de papel. Tienen colecciones de secretos manchados de grasa, quemados por los bordes, reconstruidos con mucha paciencia y mucho pegamento, y sus casas se han llenado de cuadernos, diarios, hojas, y cartas... sí, también cartas.

La tía de Fernanda trabaja enviando y recibiendo cartas en una oficina de correos. Fue ella quien le contó a Fernanda lo de las botellas y la mar. Antes, cuando los barcos naufragaban y los sobrevivientes se quedaban solos en una isla, escribían "¡AUXILIO!" en un papel. Enroscaban el pa-

pel y lo metían en una botella, y luego de taponar la botella con corcho, la arrojaban al océano para que las olas se la llevaran hasta un puerto lejano donde alguien pudiera encontrarla, abrirla, y mandar así otro barco que los pudiera rescatar.

—Ahora los mensajes no se meten en una botella —le dijo la tía a Fernanda camino a la oficina de correos—, ahora se meten en un sobre y luego en un buzón, y yo soy algo así como la mar.

Cuando llegaron a la oficina, Fernanda se maravilló por la cantidad de correspondencia que desbordaba los costales y los carros como de supermercado que llenaban un pasillo; había paquetes en las mesas, sobres de todos tamaños en los anaqueles, estantes llenos de cajas y...

—¿Qué es eso? —preguntó Fernanda señalando una montaña blanca como de hielo que estaba al fondo de la oficina y que subía enorme hasta chocar con el techo.

—Son cartas —respondió triste la tía—. Imagina que muchas de las botellas que se lanzaran a la mar, encallaran y jamás pudieran llegar a su destino. Es igual. Son cartas que no tienen destinatario. O sea que no dicen para quién están dirigidas y entonces no las podemos enviar a ningún sitio.

Fernanda corrió hasta esa montaña de papel. Cogió un sobre que estaba completamente en blanco, lo abrió y leyó la carta. Y luego otra y luego otra.

Y esa noche intentó convencer a su abuelo jubilado de que a lo mejor todas esas cartas no iban dirigidas a nadie en particular porque estaban dirigidas a todos nosotros, y que entonces esos secretos que se estaban empolvando en la oficina tendrían que compartirse.

Para que su abuelo aceptara ayudarle a ponerle direcciones a las cartas, cualquier dirección, no importaba con tal de que alguien las recibiera, Fernanda sacó la primera carta sin destinatario que había abierto por la tarde en la oficina y, diciéndole que iba a conocer un secreto que era para todos, leyó en voz alta la historia de la niña que tenía murallas y era castillo.

La niña que tenía murallas y era castillo

Desde que me acuerdo, he oído decir a personas que nos quieren bien:

—Se las cambiaron.

—Se las embrujaron.

No es cierto. Mi hermana es la misma porque desde que nació, nació cerrada.

Ella es como un castillo, con altas murallas, con foso, con puente levadizo que nunca desciende ni para que nosotros entremos ni para que ella se asome. Nosotros estamos afuera y ella adentro; ella, distante, inaccesible, bien metida en un mundo que es su propio cuerpo. Ni siquiera de recién nacida se mostraba distinta: no cogía mi dedo cuando yo le tocaba la palma de su mano ni se acurrucaba contra mi mamá cuando ella la mecía.

He oído decir a mi padre:

—Me siento rechazado.

He oído decir a mi madre:

—Ella nos quiere todo lo que puede.

Me he oído decir a mí misma:

—No juega con nadie.

Ahora mi hermana tiene siete años de edad. Se puede parar horas ante la ventana mirando únicamente el movimiento de las hojas en los árboles. A veces coge un plato y lo pone a girar en el suelo de la cocina, y luego otra vez y otra vez. Yo salgo a jugar a la calle y cuando regreso, ella continúa girando el plato; yo veo una película en la televisión y cuando voy a cenar a la cocina, ella sigue girando el plato. Muchas tardes vamos al parque. Ella se sube a un columpio y ya no se baja más. Se columpia y se columpia mientras el sol va recorriendo el cielo, y mientras mi sombra va alargándose en el piso. Después desaparecen el sol y mi sombra, y mi hermana continúa va que viene, viene que va, y lo único que se escucha es el rechinido del columpio, el canto de los grillos y mi voz:

—¿Nos vamos ya?

Yo sé que mi hermana está enferma de soledad. No sabe pedir nada. O tendría que decir que no puede. Ni siquiera señalando las cosas, ni siquiera mirándolas. Si no le ponemos la comida frente a ella, no come. Creo que podría no comer hasta desvanecerse de hambre. He llegado a pensar que está encerrada en su propio cuerpo y que su cuerpo no tiene ni una ventana ni una puerta. Nunca contesta cuando le hablamos, nunca hemos oído su voz, nunca nos ve a la cara, nunca ha reído.

Supongo que el único sentimiento que conoce es el miedo. Lo creo así porque algunas ocasiones, cuando transita un camión en la calle o un avión cruza el cielo o el volumen de la radio está un poco alto, mi hermanita busca un rincón, se sienta en el suelo y comienza a golpear suavemente su cabeza contra el muro; a veces no tan suavemente y hay que correr a la recámara por una almohada para que no se haga daño... o tendría que decir, para que no se hiciera daño, pues las cosas han cambiado mucho desde el día de la tormenta.

El día de la tormenta llovió como nunca: se cayeron árboles, se desbordó el río, pero lo peor fueron los rayos. Pasada la medianoche dejó de llover agua y empezaron a llover relámpagos. Eran como latigazos de luz que estallaban igual que bombas. Durante una de esas veces en que se iluminó tanto mi recámara que parecía de leche, vi a mi hermana. Se había metido en la pieza sin que yo lo advirtiera y estaba en el rincón, junto al ropero. Quise abrazarla pero ella comenzó a llorar y a tirarme de manotazos. Sólo pude cubrirla con una cobija, esperar a que amainaran la tempestad y su tormenta, y desear que se durmiera.

Quien se durmió fui yo. Cuando desperté por la mañana, encontré abierta la caja de mi juego de letras. Todas las tarjetas del abecedario se hallaban en el suelo. Yo no recordaba nada de lo sucedido la noche anterior, así que estuve a punto de enojarme, pero entonces vi, entre tantas letras dispersas y sin orden...

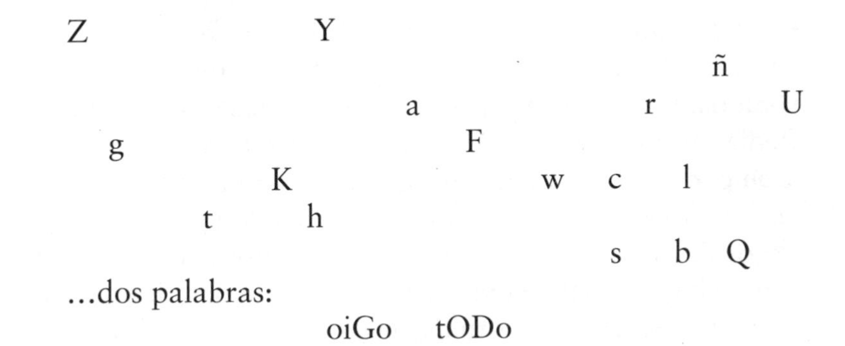

...dos palabras:

oiGo tODo

Mi hermana no sabía leer, no sabía escribir...

Y sin embargo, allí estaban esas dos palabras. ¡Sus primeras palabras! Sentí que toda mi cara sonreía: que sonreían mis cejas, mis ojos, mi nariz, mis orejas, mi boca. Y entonces descubrí a mi hermana. O debería decir que vi la cobija balanceándose en el rincón de la recámara. Me levanté, caminé descalza hasta allí y le quité la cobija de encima.

Supongo que esperaba verla sonreír, llamarme por mi nombre; verla lanzar sus brazos alrededor de mi cuello y escucharle murmurar "te quiero mucho". Pero a quien encontré debajo de la cobija fue a mi hermana de siempre. Se mecía con la mirada perdida y sin expresión en el rostro igual que un muñeco. Antes de quitarle la cobija de encima yo iba a llamar feliz a mi papá y a mi mamá; luego, ni un hilo de voz salió de mi garganta y ya no pude cerrar la boca.

Así fue como mi hermana abrió una grieta en su castillo y pudo comenzar a salir al mundo. Casi siempre lo hacía durante las noches, cuando todos dormíamos, aunque algunas veces, al llegar yo de la escuela, me encontraba con las tarjetas de mi juego desparramadas en el piso y, dentro de ese caos de letras, una o dos o tres o cuatro o hasta cinco palabras que me iban contando la historia secreta de mi hermana.

Ella y yo nos llevamos muchas semanas en esta lenta comunicación hasta que yo logré entender.

Entendía que para mi hermana, el mundo era muy diferente al que yo veía todos los días. Más bien, era muy diferente al que yo ESCUCHABA todos los días. Por alguna razón inexplicable los oídos de mi hermana captan todos los sonidos, hasta los más pequeños, hasta los más delgados. Podía oír una conversación entre dos personas que ocurría a un par de calles de distancia; escuchaba los crujidos suaves con que se desplegaban los pétalos de una rosa y los pasos de una mosca en la ventana y el correr de su propia sangre bajo la piel. Si era capaz de oír estos sonidos que yo nunca he escuchado, los ruidos normales la herían. Por ejemplo, las gotas de la lluvia le resultaban tan estruendosas como una ametralladora; la aterraba el mar porque las olas le parecían espantosamente sonoras, como si el suelo se estuviera partiendo y hundiendo. Yo me acordé de la única vez que fuimos a la playa. Mi mamá la llevaba en andas y ni siquiera pudo acercarse al agua porque mi hermanita se llevó las manos a la cabeza y comenzó a gemir.

Entendí que mi hermana vivía en un mundo filoso y puntiagudo, en un mundo lleno de lápices con una punta agudísima que se le iban metiendo por los oídos cada vez que alguien hablaba. Ella me escribió que las voces de algunas personas eran como un tren pasando justo al lado de su cabeza y que en ocasiones nuestra respiración le resultaba tan ruidosa como si la metieran en un panal: el bisbear de un infinito enjambre de abejas brotando de una sola nariz.

Por eso mi hermana se volvió castillo. Eso no me lo dijo ella, pero yo entendí que tal fue la causa de sus murallas y de su puente siempre cerrado. Para que los sonidos no la dañaran. Si se encerraba dentro de su propio cuerpo, podría defenderse mejor de ese mundo como de espinas que estaba afuera de ella.

¿ eNTonceS nO esToY LoCa?

Eso me dejó escrito una mañana junto a mi almohada porque yo había dicho la noche anterior que ahora me tocaba ayudarle a mis padres, nuestros padres, a comprender.

Demoré una tarde en pensar.

Esa noche mi hermana aceptó ponerse por primera vez unos tapones en los oídos. Cuando se durmió, yo bajé hasta la sala y sin decirle nada a mis papás, prendí el estéreo y lo puse a todo volumen. Vi a mis papás levantarse alarmados de la mesa, los vi venir, pero no los escuché nada. Mi papá abría y cerraba la boca, manoteaba; más atrás, mi mamá se cubría las orejas con las manos pero ella sólo me miraba. Pensé que los tapones no estarían sirviéndole mucho a mi hermana y que seguramente ya estaría arrinconada en la habitación.

"No te pegues mucho en la cabeza", pensé, y seguí girando el botón del estéreo para cambiar de estaciones de radio.

Eran como estallidos. Primero un estallido de música igual que si nos hubieran metido una orquesta completa en los oídos, luego un estallido de voces igual que si nos atravesara de oreja a oreja un estadio con las tribunas llenas y con porristas y con los jugadores pateando la pelota. Pero en ocasiones no eran ni música ni voces, eran estallidos de ruido los que explotaban en el estéreo y nos lastimaban como si de pronto todos los alumnos de una escuela comenzaran a rasguñar al mismo tiempo en todos los pizarrones. En nuestra casa se cimbraban las paredes, vibraban los vidrios de la vitrina. Cuando mi papá perdió la cabeza y de un manotazo apagó el aparato, estábamos metidos en un ruidazal como el que producirían los maullidos de cientos de gatos con el rabo prensado bajo la puerta.

Antes que mi papá empezara a regañarme, yo grité:

—¡Así escucha mi hermana!

Y luego tartamudeé:

—Sus oídos... son sus oídos...

Y sentía las lágrimas resbalar por mi cara.

Mis papás se quedaron pasmados un instante; luego subieron la escalera con precipitación y yo me fui detrás. Mi mamá fue quien abrió la puerta de la pieza. Desde el pasillo, los tres vimos a mi hermana. Estaba en el rincón más lejano del cuarto pero por primera vez nos miraba a los ojos. Y entonces sucedió lo increíble. Se levantó y, extendiendo los brazos, corrió hacia mi madre. Tenía la cara luminosa como una puerta abierta que da al cielo, y a mi mamá se le escapó un gemido de felicidad...

Hubiera sido un gran abrazo.

Un par de metros antes de llegar con mamá, mi hermana se detuvo, se metió el dedo en la boca y, así, de pie, comenzó a balancearse. El rostro se le fue apagando y creo que a nosotros también, como si se nos hubiera metido un mismo atardecer en los ojos.

Fue cuando vi las tarjetas a los pies de mamá.

un aBRazO

Las semanas siguientes las pasamos haciendo de nuestra casa otra casa. Dejamos de darle cuerda al reloj cucú de la pared, desconectamos el estéreo y el televisor, mamá regaló la licuadora, su batidora, la pistola de aire y la rasuradora eléctrica de papá; yo le saqué las baterías a todos mis juegos electrónicos, papá puso vidrios más gruesos en las ventanas y tapizamos con corcho todas las paredes para dejar fuera los ruidos de la calle. En la casa caminábamos con pantuflas, hablábamos bajito o nos comunicábamos con señas, y el médico, mientras estudiaba qué más podía hacer por mi hermana, recomendó unos aparatos especiales que se ajustaban en las orejas y empequeñecían los sonidos.

Mi hermana estaba mejor pero aún vivía dentro de su castillo. Iba de aquí para allá pálida, tensa, encorvada y, aunque había empezado a decir palabras sueltas, éstas sonaban como manzanas que caen de un árbol: frías, apáticas. Era como si no existiéramos para ella. No nos veía, no nos tocaba ni dejaba que nos acercáramos. Cuando lo intentábamos, se ponía rígida como un tubo y las lágrimas comenzaban a correr por su mejillas.

Y sin embargo, la palabra seguía apareciendo todas las mañanas en el piso de mi pieza:

abrAZo

Mi hermana ya no escribía nada más.

AbRaZo

Era la única palabra que mi papá y mi mamá y yo leíamos juntos:

aBRAZo

Y luego nos hacía mirarnos como esperando que uno de los tres nos diera la mano.

Fue un libro quien nos ayudó. Mamá lo sacó de la biblioteca, lo puso en la mesa de la sala y lo leyó a susurros: "Pueden anhelar que los abracen pero al mismo tiempo tienen terror a todo contacto físico. Cuando los abrazan se sienten abrumados por la sensación, como si al abrazarlos se los tragaran. Literalmente los daña el contacto. Acariciarlos es para ellos tanto como pasarles una lija por la piel".

Papá comenzó a temblar y mamá hizo lo que pudo para que no se le quebrara más la voz... pero al final del capítulo sonreímos.

"Un abrazo puede inventarse. Lo importante es estrechar el cuerpo. Algo parecido a recostarse en una hamaca y percibir la tela pegada a la piel. Eso puede ser para ellos un abrazo. O bien meterse en una alberca y sentirse suavemente oprimido por el agua. Personas así desearían construir una máquina con la cual crearan, dominaran y controlaran los abrazos."

Un mes después llegó la caja. Nunca supe cómo pudieron meter un traje de buzo adentro de otro traje de buzo y cómo los cosieron. Pobrecita de mi hermana, se quedó quieta como un palo cuando mi mamá se acercó llevando ese traje rosa con morado, y brillante como si acabara de salir del agua.

Las lágrimas aparecieron en los ojos de mi hermana igual que si estuvieran llenos de goteras. Como si adentro de ella estuviera lloviendo una tormenta de miedo y de sus ojos sólo brotaran las salpicaduras. Pero no se movió. Al final quedó enfundada en el traje como si la hubieran metido entera en un enorme calcetín. Entonces papá cogió la manguera pequeñísima que colgaba de una de las mangas del traje, enroscó la manguera en un aparato como caja de zapatos, por último pulsó un botón de un control remoto que había venido también en el paquete de correo.

El traje se fue inflando poco a poco, se ensanchó como si se abriera una flor e imagino que mi hermanita comenzó a sentir la hinchazón del traje como los abrazos que nunca antes había sentido: abrazos en los pies, abrazos en el cuello, abrazos en la espalda y en las axilas, ¡abrazos por todo el cuerpo!

Nosotros —mi papá, mi mamá y yo— nos estábamos abrazando felices, pero eso sí, con una mano en la boca para que no se nos fuera a escapar ningún sonido, y fue cuando sucedió.

Mi papá y mi mamá dicen que mi hermana sonrió.

Yo digo que se desplomaron las murallas del castillo y por primera vez en su vida, mi hermana cruzó el puente levadizo para venir a visitarnos.

LOS SECRETOS QUE SON DOS COMO SI SE VIERAN EN UN ESPEJO

En ocasiones es muy difícil llegar a ciertos secretos. Son secretos que alguien metió en un laberinto, y colocó tantas puertas y tantos pasillos falsos para despistarnos, que se vuelven inalcanzables, y nosotros terminamos perdidos en esos túneles oscuros, húmedos y entelarañados.

Cuando sucede algo así y uno se topa con un laberinto, lo mejor es no introducirse sino darse vuelta y echar a caminar en sentido contrario, porque muchas veces la única manera de encontrar la verdad es alejándose de ella.

Las rutas opuestas pueden llevarnos hacia su hermano gemelo. Otro secreto tan parecido al que buscábamos como se parece un pie a otro pie, una de tus manos a la otra de tus manos, tu ojo izquierdo a tu ojo derecho.

Esto ocurre así porque en el mundo todo se repite. Siempre hay alguien que se compra los mismos tenis que tú o que piensa las mismas ideas tuyas o que se lastima el corazón de la misma manera o que nació el mismo día de tu cumpleaños. En el mundo siempre hay dos cosas de todo. Si alguien dice una palabra, alguien más la está diciendo al mismo tiempo en otro país; al mismo tiempo que un hombre y una mujer se prometen envejecer juntos aquí, otro hombre y otra mujer se prometen lo mismo allá; cuando tú lees este libro, una persona que no eres tú también lo está leyendo, quizá a la vuelta de tu casa, quizá del otro lado del planeta.

Es como un eco.

Entonces al distanciarte del secreto oculto puede ser que te encuentres, sin quererlo, con su hermano gemelo, con su doble: un secreto como saber que existe otra niña que también tiene el mar adentro, o que también existe otra niña que sólo ve la mitad de las cosas.

Cuando Fernanda compró un libro de cuentos y leyó la historia de Juan sin miedo *—aquella historia del niño que* *jamás de los jamases sintió miedo pero se había decidido a sentirlo—, Fernanda, sin saberlo, también estaba conociendo otro secreto casi idéntico al de Juan sin miedo: el del niño sin dolor.*

El niño que no conocía el dolor

Ésta era una pandilla de niños que siempre jugaban a lo mismo: jugaban a ver quién era el último en gritar "¡ay!"

A veces se anudaban una liga en un dedo de su mano, y el dedo se iba poniendo rojo, y luego hinchado y violeta como si existieran las salchichas de uva, y cuando se ponía azul, ya sólo quedaba en la competencia el niño que no conocía el dolor.

Ni sus amigos ni él sabían de ese secreto suyo de no conocer el dolor. Ellos sólo gritaban:

—¡Ay!

—¡Ay!

—¡Ay!

Y se quitaban las ligas de sus dedos, mientras el amigo ganador no abría la boca.

—...

Ni se quejaba.

—...

Ni nada.

—...

Y entonces había que arrancarle rápido la liga porque el azul oscuro de su dedo parecía una nube a punto de reventar.

Él siempre ganaba. Lo mismo cuando competían jalándose las patillas que cuando se prensaban la nariz o la lengua con las pinzas de la ropa.

Sus amigos lo admiraban y sentían un poco esa envidia suavecita que nace cuando alguien dice: "ojalá yo fuera él".

Eso hasta que llegó con la mano quemada.

Sus amigos lo llevaron rápido a la enfermería de la escuela porque su amigo no se había dado cuenta de la quemadura y allí comenzaron a mirarse entre ellos como si acabaran de descubrir algo.

—¿Recuerdan la vez que lo pellizcó una de las niñas grandes hasta sacarle sangre pero él no se quejó? —preguntó el primero, cuando la enfermera se llevó a su amigo a la otra pieza para vendarlo.

—¿Y recuerdan aquella tarde en que cayeron granizos tan grandes como pelotas de golf y de todos modos él salió a la calle y luego su cabeza parecía una de esas cordilleras que nos enseñó la maestra, chichones igual que montañas, y él con su sonrisa de siempre? —agregó el segundo de ellos.

Cuando su amigo salió al fin del cuarto del fondo de la enfermería con la mano vendada, ellos lo llevaron al patio, y el tercero le preguntó que si alguna vez le había dolido algo.

—¿Un diente?

—¿La espalda?

—¿Un pie porque los zapatos te apretaban?

Él todas las veces negó con la cabeza.

—¿Nunca has tenido un solo dolor?

Y él miró uno por uno a sus amigos y luego dijo que no.

Entonces supieron que su amigo era un niño que no conocía el dolor.

El tercero de la pandilla fue quien más se preocupó porque su mamá le había explicado alguna vez que el dolor es como la alarma que comienza a sonar en un banco cuando entran los ladrones.

—Así —repitió el tercero lo que su mamá le dijo—, cuando entra la enfermedad en nuestro cuerpo, lo que empieza a sonar igual que la alarma es el dolor. El dolor suena para que no nos roben la vida.

—A mí me pasó con el estómago —apoyó el segundo—, me dolió y me llevaron al médico y resultó que yo tenía una infección.

—Y a mí con el oído —agregó el primero—; como me sumergí mucho en la alberca se me reventó el tímpano y...

—Pues a mí nunca me ha dolido nada —interrumpió el niño que no conocía el dolor—, así que mis alarmas siempre tienen la boca cerrada.

Y comenzó a caminar hacia el salón y los otros lo siguieron. Fue cuando les dijo que él se sentía como cuando tienes puestos muchos suéteres.

—Con tantos suéteres encima no se sienten las caricias, ni las palmadas ni el viento. A veces no siento nada. Como si mi cuerpo se volviera ciego y sordo. Y luego, además, se queda dormido y yo tengo que cargarlo hasta la casa.

En el salón no estaba la maestra, así que el niño que no conocía el dolor se acercó al ventilador, como otras ocasiones, y, como otras ocasiones, se quitó la camisa de la escuela, también la playera, y con el torso desnudo, los brazos arriba y su pelo revoloteando, comenzó a gritar.

—¡Tengo brazos! ¡Siento mis brazos!

Desde entonces sus amigos se turnaron para acompañarlo a su casa. Lo cuidaban al atravesar las calles y al subir las escalinatas de la plaza. No querían que se fuera a hacer daño. Por eso dejaron de jugar bien al futbol. Para protegerlo. Él era un portero muy valiente y se arrojaba a todas las bolas. Al caer con el balón entre las manos, sus amigos corrían a verlo y lo revisaban sin cesar de hacerle preguntas.

—¿Estás bien?

—¿No te pasó nada?

—A ver, mueve la pierna.

Cuando llegó la epidemia de gripe a la ciudad, le aconsejaron que fingiera un ardor en la garganta para que lo llevaran a un chequeo médico. No se fuera a enfermar. Y lo mismo pasó con los dientes a la hora de la revisión anual.

—Di que sientes como si unas hormigas muy chiquitas hubieran hecho su hormiguero en tu muela.

Durante muchos días intentaron ayudarle convirtiéndose en sus maestros del dolor.

Con un cerillo quemaron pellejos de pollo que una de sus mamás tiró a la basura.

—¿Hueles?

Y le enseñaron a reconocer el olor de chamusquina por si un día volvía a quemarse.

—Aunque no sientas nada, el olor a quemado va a ser la alarma que te avise del peligro —le dijeron.

También le enseñaron que si alguna vez no podía mover bien una de sus piernas o uno de sus brazos es que a lo mejor se había lastimado.

—Y es igual si un día no puedes coger el lápiz para escribir.

—Seguro que te hiciste daño.

—Entonces ya sólo faltaría saber si fue una torcedura...

—O si te hiciste una cortada...

—O si fue un machucón con una de las puertas.

Sus amigos lo cuidaron semanas y semanas y semanas pero un día ya no pudieron más. Estaban cansadísimos de vigilar el suelo por donde caminaba su amigo, y las ramas bajas de los árboles y los lápices demasiado afilados y las láminas de las resbaladillas porque a veces se curvaban. Vigilarlo todo para que a él no le pasara nada malo.

—Ya no puedo más.

—Ni yo.

—Tenemos que pedir ayuda —resolvieron los tres un domingo.

Así que caminaron hasta la casa del niño que no conocía el dolor, y atravesaron la verja que nunca habían cruzado y dieron unos toquidos en la puerta que nunca habían tocado para ver a la mamá que nunca habían visto.

Cuando ella abrió se quedaron pasmados.

Esa casa no se parecía en nada a las suyas. Las paredes aquí eran como colchones de hule espuma y cuando daban un paso, sus pies se hundían en el suelo porque el piso era suave como si estuviera relleno de aire. Los muebles no tenían esquinas ni salientes. La mesa, las sillas, las lámparas, los libreros, nada mostraba ninguna punta pues sus contornos estaban redondeados igual que burbujas. Y vieron en la mesa, adonde ya estaba lista la comida, que los cubiertos y los vasos y los platos eran de plástico.

—Yo tampoco conozco el dolor —dijo la mamá mirándolos a uno por uno—. Por eso vinieron, ¿no es cierto?

Los tres asintieron con la cabeza.

—Así nacimos. Y nunca vamos a sentir el dolor... y por eso tenemos que cuidarnos, ¿ven?

Y entonces los tres vieron que sus manos estaban enguantadas y que ella vestía un traje semejante al de los buzos.

—Me protegen. Es para no hacerme daño. Un día me rompí la pierna y durante muchos minutos la fui arrastrando por la calle porque no me di cuenta... yo se lo he dicho muchas veces a mi hijo. Que se cuide. Que use su ropa especial. Pero, ¿saben…?

Y se puso en cuclillas para quedar cerca de ellos.

—Yo entiendo bien a mi hijo. Estos guantes y este traje me protegen pero también me separan del mundo. Y yo creo que el mundo no está hecho para hacernos daño, así que en ocasiones, aunque no esté bien, lo acepto; en ocasiones...

Pero no pudo terminar porque en ese preciso momento se abrió la puerta y entraron el niño que no conocía el dolor y su papá.

Sin embargo, los amigos entendieron y, aunque la mayor parte del tiempo le decían al niño que no conocía el dolor que no se quitara la ropa protectora, a veces lo llevaban al parque y ellos eran quienes lo ayudaban a descorrer los cierres de su traje y a sacarse los zapatos y los guantes, y ellos también se despojaban de su ropa, y casi desnudos comenzaban a correr sobre el pasto porque la mamá de su amigo tenía razón, pues ni el viento ni los rayos del sol ni las briznas de la hierba ni el perfume de las flores ni la humedad de la tierra fresca estaban hechas para hacerles daño.

MANUAL DE INSTRUCCIONES PARA LEER UN LIBRO DE NIÑAS Y NIÑOS SECRETOS

Este manual tendría que estar al principio del libro, pero como no está allá, entonces está aquí.

¿Y sabes por qué está aquí?

El secreto es que este libro se parece a los niños secretos; o sea que es un poco diferente a los libros que conoces.

Es cierto que tiene hojas y portada y lomo, muchas muchas palabras, pero se entra en él de una manera un poco distinta.

Instrucciones

1. No hay que leer a los ojos de todos. A mucha gente no va a gustarle que estés leyendo historias sobre personas diferentes. "Los extraños", "los raros", "los anormales": así les dicen a veces a las niñas y a los niños de estas historias, pero en realidad es como si les llamaran LOS MONSTRUOS. Se equivocan. Este libro no es una casa del terror sino una casa de los espejos y cada quien ve lo que es.

2. Este libro no es un museo tampoco, así que no hay que leerlo como si por todos lados hubiera letreros que dicen: "se prohíbe tocar".

Aquí tocar no es malo.

Tocar con las manos es una caricia.

Tocar con los labios es un beso.

Tocar con el corazón es sentir simpatía.

Acariciar, besar, simpatizar: eso haces en este libro cuando lees cada una de las historias.

3. Este libro tampoco es un zoológico así que no hay barrotes ni mallas ni fosos; ni unos pagan para ver ni otros son enjaulados para ser expuestos a la mirada. Aquí en el libro todos caminamos al lado de todos porque si unos ven la mitad de las cosas, otros oyen la mitad de los sonidos y otras

usan lentes y a otros se les cayó el pelo y otras tienen los dientes amarillos y otros caminan con las piernas muy abiertas y otras creen que la luna es como un dios amarillo y otros no saben olvidar y otras son amigas de los números y otros siempre tienen sueño y otras no hablan y otros lloran mucho y... y... y...

4. Este libro no es tampoco como un programa que se acaba cuando apagas el televisor. Por el contrario, las historias que has encontrado aquí y que seguirás encontrando más adelante no se terminan al llegar al punto final. Por el contrario, empiezan cuando acabas de leerlas porque las historias han empacado sus cosas en una maleta y se han mudado de casa. No a una casa cualquiera. Por el contrario, a esa casa tan importante que es tu cabeza. Allí vivirán porque ahora tú conoces el secreto: existen niñas y niños secretos. Las historias que se mudaron a tu cabeza no se van a dormir como los osos en el invierno. Por el contrario, van a estar despiertas todo el tiempo y todo el tiempo saldrán a pasear a tus ojos y a tu boca, como los osos en la primavera, porque tus ojos van a querer alimentarse de otras historias como éstas y tu boca querrá aprender a contar las historias que leyó aquí para que más y más personas las conozcan.

5. Este libro, por último, no es un libro tampoco. Es la mitad de un libro porque cada quien podrá agregarle los secretos que quiera para completar SU PROPIO DICCIONARIO.

Nota:

Creo que las instrucciones que acabas de leer no fueron las instrucciones para leer un libro de niñas y niños secretos.

Más parecen las instrucciones para saber lo que este libro no es.

Así que...

¡EMPECEMOS DE NUEVO!

MANUAL DE INSTRUCCIONES PARA LEER UN LIBRO DE NIÑAS Y NIÑOS SECRETOS

Instrucciones

1. Leer.
2. Leer en el orden que quieras. O sea que puedes empezar por donde quieras y acabar por donde quieras.
3. Leer cuando quieras: a la una, a las dos, a las tres, a las cuatro, a las cinco; en la mañana o en la tarde; antier o pasado mañana; en tu cumpleaños o en el cumpleaños de todos.
4. Leer hasta que quieras. O sea que dejes de leer cuando:
a) Ya no tengas ganas de leer.
b) Ya no tengas ganas de saber más historias.
c) Ya no tengas ganas de ser diferente.
5. Leer donde quieras: en un árbol, en tu pieza, bajo las cobijas, dentro de la biblioteca, arriba del techo de tu casa, enmedio del recreo, al lado de tus hermanas, a la izquierda de tu sueño más triste o a la derecha de tu felicidad más soñadora.
6. Leer con quien quieras. O sea, acompañado o sin compañía o con alguien o contra alguien o pensando en una persona o dos o tres, o sin pensarlas pero sabiendo que lees con tus ojos pero también con muchos otros ojos.
7. Y leer el libro cuantas veces así lo quieras.

Leer una
dos
tres
cuatro
cinco
seis
siete veces
u ocho
nueve

diez veces
hasta que desaparezca este libro
por tanto frotarlo con los ojos.

Fin de las instrucciones.

LOS SECRETOS QUE SE ARMAN COMO UN ROMPECABEZAS

Ciertos secretos son como un vaso que alguien, por accidente o no, deja escapar de entre sus manos. El vaso choca contra el suelo y se quiebra en decenas de pedazos. Y entonces cuando uno de nosotros intenta conocer ese secreto, lo que tiene a la mano son fragmentos. Algunos tan delgados como astillas, otros no tan pequeños; y sin embargo, los fragmentos no valen por sí, mientras uno no corra el riesgo de reunirlos y pegarlos.

Reunir secretos rotos es un riesgo porque todos los pedazos son filosos y puntiagudos; así que pincharte, herirte, sangrar un poco, puede ser el resultado de tanto trabajo por buscar y por pegar.

Eso sí, en ocasiones, la recompensa a la labor agotadora del coleccionista de pedazos de secreto puede ser un secreto renovadamente completo entre las manos, otra vez como un vaso intacto y, quizá, con suerte, lleno de agua cristalina.

¡Ah! Casi lo olvidaba.

El pegamento para unir los fragmentos de secreto es la curiosidad. Sólo con la curiosidad ocurre la magia de convertir un montón de cosas diversas en un rompecabezas.

Así le sucedió a Fernanda: todo empezó con las hojas sueltas de un diccionario...

La niña que no sabía olvidar

Nuestra amiga era el orgullo del colegio. La mejor en los concursos de deletreo porque sabía descomponer en sus letras cualquier palabra, como ningún otro alumno en veinte colegios a la redonda. Y no eran palabras fáciles como "perro" donde hasta nosotras coreábamos:

—¡pe-erre-erre-o!

No, ella deletreaba palabras como

—e-qu-u-i-ene-o-de-e-ere-eme-o: ¡equinodermo!

La deletreaba con una rapidez asombrosa y sin equivocarse nunca:

—pe-e-ere-i-ese-ce-o-pe-i-o: ¡periscopio!

Y claro, como tenía una ortografía maravillosa, también era la campeona de ortografía de todo el estado. Le dictaban palabras tan complejas como "escabullir", "ahuehuete", "lingüística", "invaluable". Y ella las escribía sin vacilar en el pizarrón del auditorio.

—¿Pero cómo recuerdas las reglas gramaticales? —le preguntaba yo después del concurso—. ¿Cómo recuerdas que "invaluable" se escribe con "n" y después con "v"? ¿Cómo recuerdas que existe esa regla que une el sonido de la "ene" y el sonido de la "ve"?

Y ella, mi amiga, con el trofeo en las manos pero con una sonrisa ni tan curva ni tan fresca, me confesaba que no se sabía las reglas.

—Lo que me sé son las palabras... porque las he visto todas.

Yo creí que era una manera de decirlo y no sospeché.

A nadie le sorprendió cuando un mes después se convirtió también en la reina del certamen de declamación.

Al principio ella recitaba el poema que había elegido "sin entonaciones y sin usar su cuerpo para subrayar el sentido de los versos", como nos decía el maestro.

—La montaña embrujada por un ruiseñor —murmuraba ella, y las palabras sonaban igual que el ventilador: sólo ruido y un poco de aire, circularmente aburridas.

Sigue la miel del oso envenenado
pobre oso de piel de oso envenenado por la noche boreal
huye que huye de la muerte
de la muerte sentada al borde del mar.

Pero el día del concurso fue increíble. Era como si ella estuviera cantando y la música fuera formando gestos en su cara como el viento forma olas en la superficie del océano.

La montaña y el montaño
con su luno y con su luna
la flor florecida y el flor floreciendo
una flor que se llama girasol
y un sol que se llama giraflor.

Cuando terminó, todos en el auditorio estábamos húmedos y frescos como si un ventilador nos hubiera traído la brisa marina a nuestros rostros.

Aplaudimos hasta que nos dolieron las manos.

Quizá sólo el maestro de oratoria notó que los gestos y los movimientos de nuestra amiga al recitar fueron exactamente los mismos que él usó como ejemplo en la clase para mostrarnos que una palabra dicha sin sentimiento es como un pájaro sin alas: "palabras que sólo están en el aire lo que se tardan en llegar al suelo: palabras caídas; hechas para caer".

Nuestra amiga ocultó su secreto el tiempo que pudo, pero de alguna manera se fue sabiendo. En parte porque alguien la habrá descubierto. En parte porque, sin quererlo, ella misma se traicionó.

Una de esas veces la maestra se había desesperado con el grupo nuestro y comenzó a regañarnos.

—¡Qué les dije! ¡Qué les dije ayer mismo! ¡A ver, díganme!

Nuestra amiga se levantó con timidez.

—¿A qué hora, maestra?

La maestra la miró todavía sin entender.

—¿A qué hora qué? —preguntó con un chillido.

—¿A qué hora dijo lo que quiere que le repitamos?

—No te burles de mí... —murmuró la maestra moviendo el dedo muy alterada.

— A las ocho de la mañana —comenzó nuestra amiga interrumpiéndola— usted nos dijo: "Buenos días. ¿Cómo están hoy? ¿Verdad que hoy es un día bellísimo? Esta mañana he pensado que hay días especiales para hacer cosas especiales pero lo difícil es reconocer cuándo es un día especial. A lo mejor podemos mirar hacia el sol y preguntarle. O quizá tiene que ver con las nubes y el trinar de los pájaros, o con el verde de los prados y el olor de las flores. No fue sino hasta llegar aquí que he descubierto cómo reconocer un día especial. Basta con que cada uno de ustedes se mire en el espejo y se pregunte cada mañana: ¿quieres que éste sea un día especial? Y bueno, si ustedes responden SÍ, entonces está empezando uno de esos días especiales en que ocurren solamente cosas especiales para ustedes".

Salvo por la voz de nuestra amiga, el silencio se había metido en el aula y estaba sentado con cada uno de nosotros, y por eso no se escuchaba ni un solo crujido de pupitres ni una sola respiración. La maestra se había puesto pálida y se hallaba apoyada en el escritorio como un árbol que se sostiene en otro para no caer.

—Gracias —interrumpió la maestra a nuestra amiga, y luego se excusó porque, dijo, necesitaba salir un momento.

Y así nuestra amiga dejó de repetir exactamente, palabra por palabra, pausa por pausa, lo que la maestra había dicho un día antes.

—Es que lo memorizo todo —nos dijo a solas a nosotras, o sea a Estefanía, a Edda, a Fernanda y a mí, cuando salimos esa tarde del salón.

Y nos confesó que lo hacía sin querer, sin desearlo, sin que le costara ningún esfuerzo.

—Nunca recuerdo nada mal ni nunca puedo dejar de recordar. Todo se graba en mi memoria como cuando alguien coge una fotografía y deja por accidente la huella de sus dedos en el papel. Yo soy el papel y las huellas es todo lo que ocurre enfrente de mí.

La verdad fue que no entendimos muy bien hasta que sucedió lo del diccionario. Ella lo llevó un día al colegio y nos lo enseñó porque éramos sus mejores amigas.

—Me lo dio mi papá —susurró.

Era un diccionario como de doscientas páginas que su padre, antes de morir, le había ido leyendo noche tras noche. Su padre creía que cada palabra que aprendes es como una ventana que se abre al mundo, siempre a un paisaje distinto; y él quería que su hija se convirtiera en la mejor viajera y armara así el rompecabezas de todos los paisajes del mundo.

Y sí, por causa de su gran memoria y gracias a la lectura de su padre, nuestra amiga se había aprendido todas y cada una de las palabras del diccionario.

Lo que ni ella ni su padre imaginaron es que el diccionario empezaría a crecer.

No el diccionario de papel sino el diccionario de su cabeza. Durante el año posterior a la muerte de su padre, cada vez que en la escuela o en la tienda o en el parque, cada vez que desde el televisor o la radio o el cine o el periódico o un libro, alguien pronunció una palabra que ella no conocía, la palabra fue a parar de inmediato al diccionario de su cabeza. Y de verdad que al final de ese año conocía todas las palabras del idioma. Todas las tenía en su diccionario.

Bueno... casi todas...

Eso era lo peor.

Cuando nuestra amiga escuchaba una palabra nueva tenía que intercalarla, ordenarla alfabéticamente como en los diccionarios reales de papel. Y esto no resultaba nada fácil. Tenía que mover hacia la izquierda y hacia la derecha todas las palabras que se sabía, para abrirle un hueco a la nueva. Como cuando tienes una hilera de carritos, y debes rodar la mitad hacia delante y la mitad hacia atrás para que quepa uno que antes no estaba en la hilera.

A veces demoraba más de una hora en hacerlo.

Ella tuvo que explicármelo muchas veces para que yo entendiera.

En el diccionario de mi amiga, por ejemplo, después de la palabra "pan" estaba la palabra "panza".

Pan-panza

Luego, una vecina le dijo a su mamá que si le regalaba un poco de "panela".

Pan-PANELA-panza

Luego el maestro desenrolló un mapa y señaló: "Panamá" y después habló también del río "Pánuco".

Pan-PANAMÁ-panela-PÁNUCO-panza

Después en un libro de aventuras leyó "panga" y "pantagruélico", y ella movió las palabras para abrirse dos huecos más en su cabeza.

Pan-Panamá-panela-PANGA-PANTAGRUÉLICO-Pánuco-panza

El caso es que en una semana ella tuvo que mover muchas veces todas las palabras de su diccionario.

Pan-panza
Pan-panela-panza
Pan-Panamá-panela-Pánuco-panza
Pan-Panamá-panela-panga-pantagruélico-Pánuco-panza
Pan-Panamá-páncreas-panela-panga-pantagruélico-Pánuco-panza
Pan-Panamá-páncreas-panela-panga-panóptico-pantagruélico-Pánuco-panza

¡UUUUUUFFFFFF!

Y así le pasaba a ella muchas veces al día y muchos días a la semana y muchas semanas al mes con el diccionario de su cabeza que crecía y crecía como una ballena.

Los niños malos del colegio lo supieron y comenzaron a gritarle palabras como si estuvieran lanzándole dardos.

—¡Crustáceo!

—¡Infamia!

—¡Sonámbulo!

—¡Espinilla!

Lo bueno es que eran muy tontos y casi todas las palabras que gritaban, nuestra amiga ya las conocía.

Sin embargo, a ella su memoria parecía desequilibrarla. Eso parecía. Como si se fuera llenando de recuerdos igual que se colman los desvanes con un millón de tiliches y un día no fuera a restarle ningún espacio para sí misma.

Un día me lo confirmó. Me confesó con voz temblorosa que la mayoría de su memoria era un basurero. Que a veces intentaba repetir las mismas cosas que hizo ayer o antier, como cuando subrayas las líneas de un dibujo ya trazado, para no guardar más cosas en su memoria, pero bastaba con que se saliera un poco del margen e hiciera algo un poco distinto, por ejemplo cepillarse los dientes quince y no catorce veces, para encontrarse con que ya tenía otro recuerdo en su cabeza. Dijo que se sentía como un sol triste, flotando sola en medio del universo. Así:

Ella

pero rodeada de cientos de miles de cosas que ella no había elegido.

Así:

Un biberón que
se cayó al suelo.

Una tina sin tapón.

Una mariposa negra.

Una tapa roja.

Una chamarra
con capucha
verde.

Ella

Una mosca aplastada en la ventana.

La vez que lloró
porque se quedó
afuera de la escuela.

La pata desportillada
de una silla.

Cuando vomitó sobre sus pantalones.

Un foco
fundido.

Otro foco fundido.

Los ojos de un gato.

Una nube en forma de estufa.

Una grieta.

Un vaso metálico
de color azul.

Que esas cosas habían llegado como moscas y que la rodeaban, y allí estaban siempre girando a su alrededor aunque cerrara los ojos o intentara espantarlas, que lo bueno es que casi siempre permanecían en silencio, pero a veces comenzaban a bisbear igual que si quisieran llamar su atención, y ella se cubría las orejas y les gritaba que se callaran, que se callaran. Porque su papá se había equivocado y no todas las palabras eran ventanas que le mostraban un nuevo paisaje del mundo.

Fue cuando yo supe que debíamos de prestarle ayuda. Así que hablé con mis amigas. Esa tarde llegamos a su casa fingiendo unas ganas de jugar que no teníamos y una hora después estábamos de vuelta en la calle, pero yo llevaba el diccionario de su papá bajo la blusa.

Lo hicimos en el departamento de Estefanía. Resultó bien que no se encontraran en casa ni su papá ni su mamá porque no hubieran entendido. Creo que nadie hubiera entendido.

Lo que hicimos fue arrancar las hojas del diccionario con mucho cuidado.

—Se lo dio su papá —murmuró Edda apesadumbrada.

—Por eso no lo estamos rompiendo —le respondió Fernanda—. Sólo lo estamos deshojando. Igual que cuando coges una rosa que está por marchitarse y le quitas los pétalos y los guardas en un frasco.

Y yo acabé por devolverle la tranquilidad a Edda diciéndole que pondríamos todas las hojas juntas con una liga y las guardaríamos en un sobre.

Cuando nos quedamos únicamente con las pastas del diccionario, cogimos el pegamento y el otro paquete de hojas, uno que compramos, y comenzamos a trabajar.

Al día siguiente llamamos por teléfono a nuestra amiga y la citamos en el parque.

Ella nos miró con gesto de extrañeza cuando media hora después le dimos el regalo, envuelto en un papel rojo que había sobrado de la Navidad.

—Pero ábrelo —dijimos todas a la vez luego que desenvolvió el paquete y se encontró con el diccionario de su padre.

—Ya lo conozco —murmuró ella un poco decepcionada—. ¿Lo cogieron de mi cuarto?

Nosotras fingimos no escuchar.

—Anda, anda —insistimos.

Y entonces, a disgusto, ella lo abrió por la primera página...

...y la vio blanca.

Y luego la segunda,

y la tercera.

¡¡Todas blancas!!

Pero ella siguió dándole vuelta a las hojas, mirándolas sin saltarse una sola página porque la estaba memorizando. Memorizando la blancura del nuevo diccionario.

Y comenzó a sonreír.

Nos dijo que era como si estuviera nevando adentro de su cabeza: más y más copos blanquísimos como la nieve, y que todo el diccionario de su cabeza se iba volviendo blanco, todas las palabras que eran pájaros sin alas —palabras caídas; hechas para caer— estaban desapareciendo.

Al final, en la última página, encontró las únicas frases que estaban escritas:

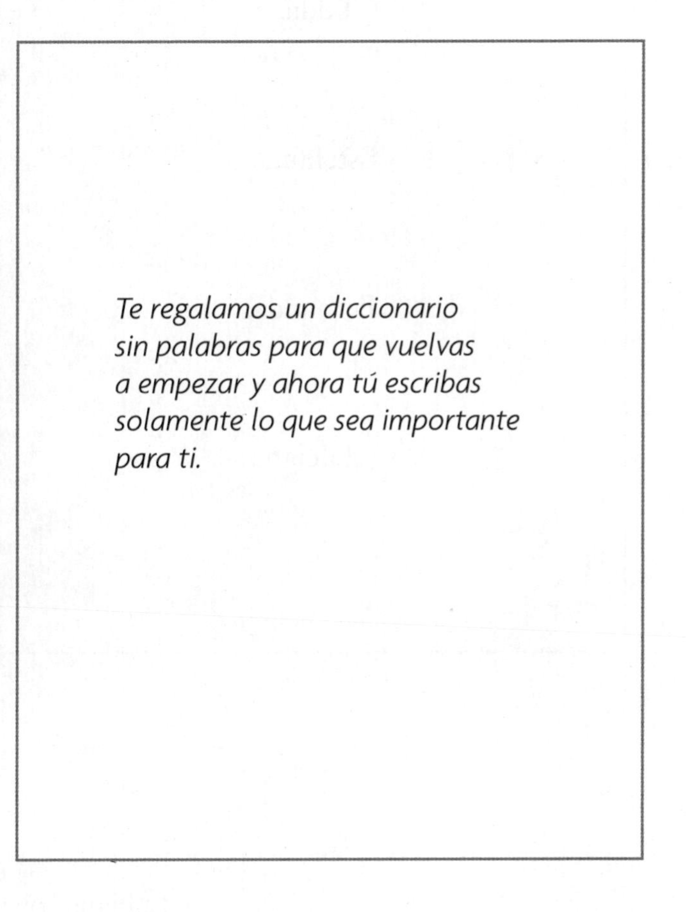

Y entonces las primeras palabras que escribió ella en el diccionario de papel y en el diccionario de su cabeza, las primeras palabras como ventanas a un nuevo mundo, a un mundo suyo —nos lo confesó nuestra amiga con una sonrisa— fueron nuestros nombres.

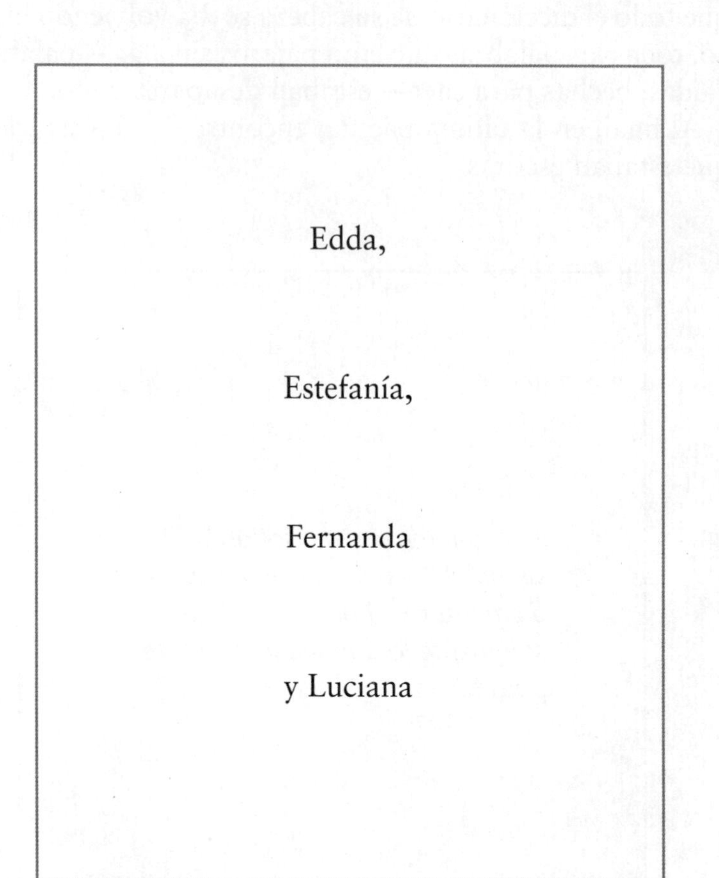

Luciana, o sea yo.

LOS SECRETOS QUE NO SON SECRETOS

Muchas veces ciertos secretos se resguardan tras alambres de púas, mallas electrificadas, muros gruesos y enormes como montañas. En pocas palabras, se ocultan en el interior de un castillo.

En la puerta hay un letrero que dice:

SE PROHÍBE
LA ENTRADA

Y debajo existe otro con una amenaza tan filosa como las fauces de un cocodrilo:

¡¡SE CASTIGARÁ
A LOS
INFRACTORES!!

De eso se trata, de asustar, de hacer desistir a los curiosos.

Y sí, regularmente es imposible acceder a esos secretos. Entonces no queda sino abandonar las inmediaciones del castillo y vagar por los alrededores.

El secreto: lo que para unos es secreto, para otros no lo es. O sea, se pueden buscar los secretos en las bocas que no lo consideran un secreto. O sea, hay bocas sin púas ni mallas ni muros ni advertencias, que también conocen el secreto.

Por una causa siempre desconocida existe un sitio muy próximo al castillo, por lo general una casa hospitalaria, donde no hay cerca ni puerta.

Allí, el dueño o la dueña de la casa te miran un instante antes de murmurar.

—Ah, eso.

Y sin más preámbulo, sin que por ningún lado aparezcan las filosas fauces de un cocodrilo, comienza a compartirte lo que para él o ella no es sino una anécdota más de la vida. Por ejemplo, la historia del niño y su fantasma.

El niño que caminaba con un fantasma

Hay fantasmas que no tienen forma de sábana ni de monstruo ni de nada que hayas oído antes... sino de pierna.

Es lo que le sucedió a mi vecino Remigio: su fantasma era una pierna. O mejor dicho, su fantasma era su pierna.

A Remigio, cuando tenía ocho años, le pasaron todas las cosas malas que a veces suceden en una vida entera.

Se cayó de un árbol.

Se rompió feamente la pierna.

Se la enyesaron pero de tan mala manera que su pierna se volvió negra y gorda como un escarabajo.

Así que tuvieron que cortarle la pierna.

En dos meses se había convertido en otro niño. No más basquetbol, no más patines, no más bicicleta. Todos sus pantalones tenían una manga de sobra porque ahora la manga izquierda permanecía flácida y vacía como una lengua de trapo.

Remigio no se movía del sillón de su sala. No quería usar las muletas que le compraron sus papás. A veces lloraba cuando nadie lo veía.

En las noches soñaba que tenía dos piernas.

En el día deseaba tener dos piernas.

Y entonces le sucedió la última cosa mala del año: se le cumplió el deseo y su pierna regresó, pero como fantasma.

Al principio nosotros creíamos que se burlaba. Recuerdo una vez, durante el recreo, en el patio de la escuela, que Remigio dijo tener comezón en la punta del pie. Se sentó en la escalinata y en lugar de rascarse el pie que sí tenía, comenzó a rascarse el pie que no tenía, o sea que empezó a rascar el aire.

En otra ocasión pegó un brinco y un chillido durante un examen porque, le explicó al maestro, acababa de tener un calambre en la pierna izquierda, o sea, en la que ya no estaba.

—Es un fantasma —nos secreteó esa vez a la hora de la salida—, mi pierna regresó como fantasma.

—Yo no lo veo —recuerdo que le dije.

—Pues no lo puedes ver —me respondió Remigio molesto— porque los fantasmas son invisibles.

Lo peor fue cuando nos confesó que ese fantasma con forma de pierna era un fantasma malo.

—Me dobla los dedos —nos murmuró al oído para que su pierna no lo oyera—, me entierra las uñas del pie que ya no tengo.

Un día llegó llorando porque dijo que el fantasma le había torcido el tobillo. Aunque llevaba una venda en el bolsillo del pantalón, no sabía dónde enrollarla para que cesaran los dolores.

Hasta después supimos que era durante la noche cuando su pierna fantasma se volvía realmente malvada.

Le hacía cosquillas y cosquillas y más cosquillas... y nadie podía detener al fantasma.

Remigio reía hasta orinarse, hasta que ya no le salían más sonidos de la garganta, hasta que empezaba a ponerse azul y sus papás tenían que colocarle una mascarilla de oxígeno en la boca para ayudarle a respirar.

Entonces le llevaron a prótesis.

Cuando nos dijo ese nombre, creímos que se trataba de una medicina o de una bruja. La bruja Prótesis quien lo iba a curar de su fantasma.

Y sí, eso pareció. Como si hubiera sido cosa de brujos, hadas, hechiceros; cosa de magia, pues. Pareció que habían curado a Remigio porque un día llegó con la manga del pantalón llena de nuevo, y él venía caminando sin muletas.

Remigio no dijo nada, llegó hasta nosotros y se levantó el pantalón. Allí conocimos a prótesis. Era una pierna como de muñeco, era fría y rosada y brillante, y Remigio la tenía pegada a su cuerpo.

—Me la puedo quitar —nos aclaró Remigio—. Me la quito y me la pongo cuando quiero.

Fue cuando el fantasma se volvió realmente celoso.

Remigio se caía en el salón, en el patio, en la escalera. Todo el tiempo estaba cayéndose.

—El fantasma me tira —gimoteaba sobándose la rodilla en el suelo—, me empuja, me mete el pie.

—¿Y por qué no te quitas a prótesis? —le pregunté yo—. A lo mejor así te deja en paz.

Remigio me miró con el ceño fruncido pero no dijo nada.

Durante todas las vacaciones de verano no lo vimos. Al parecer se fue a un hospital para hacer ejercicios; se llevó a su pierna prótesis, pero su pierna fantasma se marchó también tras él.

Dos meses después regresaron: él, prótesis y el fantasma.

Resultó increíble ver caminar a Remigio como antes del accidente del árbol. Si yo no hubiera sabido que una de sus piernas era artificial, no habría notado la diferencia con los otros niños que venían caminando junto a él.

—Se volvió bueno —dijo apenas al llegar.

—¿Quién? —pregunté tontamente.

—Pues quién va a ser, el fantasma. Se volvió alguien tan bueno como... pues como un calcetín... ahora tiene forma de calcetín.

—¿Un calcetín? —gritamos todos.

Y nos contó que en las mañanas, cuando se ponía la pierna de plástico, el fantasma llegaba y lentamente se iba metiendo en esa pierna como si fuera un calcetín.

—Y ya no me empuja, ni me tira, ni me mete el pie —nos contó Remigio—. Por el contrario, me ayuda tanto que ahora siento como si la prótesis fuera parte de mi cuerpo, como si mi pierna de antes hubiera vuelto.

Nos miró con una sonrisa.

—Hasta puedo correr —murmuró.

Y antes de que nosotros reaccionáramos, Remigio se lanzó calle abajo en una carrera asombrosa.

Nosotros fuimos detrás, corriendo lo más que podíamos, y quizá lo hubiéramos alcanzado, no sé, pero Remigio se detuvo y se dejó caer en el suelo.

—¿Estás bien? —pregunté alarmado cuando llegué junto a él.

Remigio estaba desanudando las agujetas del tenis izquierdo.

—Es que me dio comezón —dijo terminando de quitarse el tenis.

Pero cuando iba a rascarse, vio que se había descalzado la pierna equivocada y que lo que tenía frente a él era su pie de plástico.

Comenzó a reírse.

Y luego más.

Y más.

—Es que me hace cosquillas —alcanzó a decir antes de carcajearse de nuevo—... el fantasma me hace cosquillas.

Y nosotros, sin darnos cuenta, terminamos también en el suelo revolcándonos de risa.

—A mí también.

—Y a mí.

—Y a mí.

La verdad es que allí, en medio de la calle, riéndonos como locos, estábamos celebrando que el mal año de Remigio acababa de terminar.

LOS SECRETOS QUE SON CANICAS

Así como los barcos sólo llegan a ciertas costas del mundo y no a todas, así existen sitios propicios como puertos adonde desembarcan siempre los secretos. Es igual que cuando sueltas un puñado de canicas en el piso de la tina y todas terminan rodando hacia la coladera.

Las ciudades tienen entonces un sitio así, adonde tarde o temprano desembocan siempre los secretos grandes y los secretos pequeños. Puede ser la esquina de una calle o el mostrador de una farmacia o la barra de una cafetería o la entrada del cine o una de las mesas del parque en donde se reúnen los jugadores de ajedrez o el pórtico de una iglesia o la sala de espera de un consultorio o la parada del autobús.

Sólo hay que encontrar esos lugares como puertos.

Fernanda estaba en las puertas del museo cuando vino a dar hasta sus pies, rodando lentamente como una canica, la historia secreta de los hermanos que tenían un millón de amigos.

Los hermanos que tenían un millón de amigos

La primera vez que vimos la hazaña prodigiosa de los hermanos gemelos fue un jueves de una semana cualquiera. El maestro quiso coger un gis pero, por accidente, volcó la caja completa. Los gises cayeron al suelo, se rompieron, y los pedazos se extendieron por la tarima como diminutos ríos congelados.

—¡321! —dijeron los gemelos al mismo tiempo.

El maestro los miró ceñudamente.

—¿Qué?

—Son 321 —repitió uno de los gemelos.

Y el otro completó:

—Los gises.

El maestro enrojeció, resopló, pero terminó poniéndose en cuclillas.

—Uno, dos, tres... —fue contando cada vez que cogía un pedazo de gis y lo devolvía a la caja.

Cuando terminó, todos aguantamos la respiración.

—321 —repitió incrédulo, y luego agregó para sí—. No puede ser.

Así que sacó una cajetilla de cerillos y la vació en su escritorio.

—¿Cuántos? —preguntó.

Los gemelos extendieron el cuello como tortugas para mirar el montón de cerillos, luego se contemplaron entre sí y murmuraron juntos.

—173.

Y 173 fueron los cerillos luego de los cinco minutos que el maestro demoró en contarlos.

Entonces manoteó para acallar el espontáneo aplauso del grupo que se dio en ese momento.

—¿Cómo pueden contar tan rápido? —interrogó con el gesto duro, igual que cuando sorprendía a alguien cometiendo una falta.

—No contamos —respondió uno de ellos—, simplemente lo vemos.

Y sí, los hermanos gemelos percibían todo de un vistazo. Mientras nosotros percibíamos cosa por cosa, ellos veían en racimo, como los racimos de uvas. Así habían visto los gises, igual que un racimo de tubitos blancos; así habían visto los cerillos, como un racimo de cabecitas rojas que olían a fósforo.

Al día siguiente, apenas vieron entrar al maestro, los gemelos dijeron:

—Cien mil trescientos veintitrés.

—¿Qué? —musitó el maestro como el día anterior y por más que buscó con los ojos en el suelo y en el escritorio, nada encontró.

—Pelo —dijo uno de los gemelos.

—Es su pelo —respondió el otro.

El maestro levantó la mirada, se tocó la cabeza y luego caminó hasta la pizarra. Lentamente escribió los seis números en la parte superior:

100323

Luego, todo ese día —lo hizo igual mientras nos daba la clase de historia, al regresar del recreo, a la hora de dictar la tarea—, todo ese día se volvió por sobre su hombro para mirar el número en el pizarrón.

100323
100323
100323

Como si supiera lo que pasaría el lunes siguiente.

Y sí. Lo que pasó el lunes fue:

—Noventa y nueve mil novecientos veintiuno —murmuraron los gemelos como si dijeran “buenos días” cuando vieron llegar al maestro.

Y éste, sin decir nada, escribió la cifra debajo de la anterior:

100323
99921

Y luego restó.

La verdad es que se equivocó muchas veces hasta que llegó al número correcto con una palidez cadavérica en el rostro.

—Cuatrocientos dos.

Y todos sabíamos lo que eso significaba: del viernes al lunes, su cabeza ya no tenía 402 pelos.

Después el maestro empezó a hacer divisiones mientras murmuraba "viernes, sábado, domingo", y comenzó a sacar porcentajes y otras cosas que ni siquiera nos había enseñado, y para que no lo distrajéramos, nos dejó hacer una numeración de tres en tres hasta el cuatro mil quinientos.

Al día siguiente fue la primera vez que usó la boina verde, misma que después nos acostumbraríamos a encontrar invariablemente bien encasquetada en su cabeza.

Esto sucedió cuando todavía se les creía a los gemelos. Pero después ellos comenzaron a hacer conteos de verdad increíbles.

Se paraban en un extremo del campo de futbol y decían:

—Un millón ochocientos veintiún mil seiscientos doce.

¿Y quién iba a agacharse y gatear por todo el campo comprobando que exactamente ésas eran las briznas de pasto que verdeaban el terreno?

En el comedor iban de mesa en mesa murmurando cifras también descomunales con sólo un vistazo a los granos de azúcar de cada uno de los azucareros.

Por esos días los llamó el director para hablarles de un concurso de matemáticas a nivel nacional. Lo raro es que los gemelos no eran mejor que nosotros para realizar una simple suma. Nosotros ya lo habíamos comprobado en el salón y el maestro lo confirmó. Sin embargo, el director no acababa de convencerse, así que los mandó llamar a la dirección y les puso una prueba más o menos sencilla. Al parecer resolvieron muy mal el examen porque de allí en adelante el director los dejó en paz.

Pero en el colegio se rumoró otra versión. La versión decía que fue mientras intentaban resolver los ejercicios impuestos por el director. Que en la pared de la oficina había unas reproducciones puntillistas, esos cuadros que se pintan con puros puntos para ir creando las figuras; pero no sólo eran los cuadros; que la alfombra era de lunares diminutos como hormigas; y que en el escritorio había una fotografía donde se extendía infinitamente un desierto; y que también había una enciclopedia y que la enciclopedia estaba abierta en la palabra "firmamento" y que allí había una fotografía del cielo nocturno. Lo que dice el rumor es que ni siquiera resolvieron el examen. Que fue automático. Los hermanos gemelos comenzaron a pronunciar cifras estratosféricas. Cifras para los puntos del cuadro y para los lunares de la alfombra y para los granos de arena del desierto y para las estrellas del cielo que mostraba la enciclopedia. Y que el director no pudo más. Y empezó a gritar: "¡Basta!" "¡Basta!" "¡Basta!", y así fue como se terminó aquel asunto del concurso nacional de matemáticas.

El caso es que dejaron de creerle a los gemelos.

—¡Mentira! —les gritaban cada vez que ellos veían un racimo de algo, un racimo de automóviles en la autopista, por ejemplo, porque siempre es más fácil negar lo que no entendemos.

A ellos no les importó y siguieron su comunicación numérica. Así hablaban entre ellos: uno decía el número de hormigas de un hormiguero y el otro le respondía con el número de hojas que tenía el roble de la escuela. Cuando fue el bailable de la primavera, ellos se dedicaron a contar los pasos de los bailarines durante la exhibición.

Vivían en su mundo de números y allí eran felices.

El problema es cuando algo o alguien se acercaba a ellos, porque en ese preciso instante lo transformaban en cifras. O sea que todo lo que tocaban los ojos de los gemelos se volvía numérico, aunque ese alguien tuviera otras intenciones, algo así como ser su amigo.

—Hola, yo me llamo Francisco —recuerdo que murmuré.

Y ellos respondieron como si yo fuera un juego de piezas y me estuvieran desarmando.

—Cinco palabras.

—Veintidós letras en total.

—De ellas, nueve son de su nombre.

—Mil ciento catorce cejas.

—Trescientas veintiséis pecas.

Era imposible comunicarse.

Y sin embargo, entre cifra y cifra numérica, lograron mostrarme un poco de su mundo.

321
12368390
16739998837976
2578999770289889989888
918938108398989392927947297
972996|15|678|81891999119101019 8
6653|68|638|8881887
6737
4

5793
98568754
4326894717893
654997467378
764993426
544

64716416416|998681
37264812790|704708|046618161
67783897368649|49846746881867
64127641648164816846184684694’3978’|9848401’100902’10291
5476518764814874628719482911929998498409’104’13’84848
247|7164387|67264276|766276317|97728783721919737377917 17
0
42|47|3372179802098420002940292’042495996939935278668 16
523572
7882

4684691911
3984091

—Sólo vemos números.

—Son nuestra familia.

—Cuando reencontramos un número conocido es como volver a mirar a un viejo amigo.

Yo los miré sin comprender.

—¿Conocido? —dije, creyendo que quizá no había escuchado bien.

—Sí, para nosotros los números no son los signos que se escriben en el pizarrón.

—Los números son cosas. Son reales. Están en el mundo volando en forma de abejas o saltando entre la maleza en forma de grillos.

—Siempre nos acordamos de la primera vez que nos topamos con un número.

—Cuando lo conocimos.

—Como si te miraras los dedos y supieras que allí fue la primera ocasión que viste el cinco.

—Todos los números aparecen una primera vez.

—Y es maravilloso porque sabes que acabas de encontrar un nuevo amigo.

Yo no supe qué decir.

Ellos me miraron, murmuraron una cifra, quizá la de todas las ideas revueltas que tenía en mi cabeza y se dieron la vuelta.

Ésa fue la única vez que hablé con ellos.

Desde entonces los veía solos en el patio y los dejaba en paz. Los veía como todos en la escuela, desde lejos y sin hablarles, pero yo era el único que sabía que su aparente aislamiento era eso, aparente. En realidad ellos vivían rodeados de millones y billones de amigos que encontraban en los sitios más impensables: en los renglones de un cuaderno, en los botones de una camisa, en los cuadritos del saco de su papá, en la barba de alguien que no se rasuraba, en los agujeros de un cedazo, en los pelillos que brotaban de una nariz.

Recuerdo que mientras yo los observaba a la distancia, recaía en una idea que se iba volviendo obsesiva.

—¿Será que exista un número con el cual nunca se hayan topado hasta ahora? ¿Un número que no conozcan en “persona”, o sea que no hayan encontrado todavía ni en las plumas de un pájaro, ni en los granos de arroz de una paella, ni en las sombras de la hojarasca que las ramas de un árbol ponen a bailar en el suelo?

La respuesta no tardó en llegar. Aquella vez fuimos al museo. El colegio rentó cinco autobuses para que no faltara un solo alumno a la visita. Era un museo de ciencia y tecnología, con muchos aparatos, con muchos fenómenos físicos cada vez que alguien ponía a funcionar una causa con un botón, y seguramente con más efectos de los previstos porque de buenas a primeras se provocó un incendio, se accionaron las alarmas y todos fuimos evacuados.

Yo creo que nuestro maestro tuvo una intuición. Se rascó la cabeza por encima de la boina verde hasta que acabó por decidirse. Llamó a los gemelos, los ayudó a subirse al cofre de un autobús y de allí los llevó hasta el techo.

—¿Cuántos? —preguntó.

Los gemelos nos vieron desde el toldo amarillo. Desde allá arriba habremos parecido muñecos o algo semejante. Habrán visto sobre todo nuestras cabezas. O más bien nuestras cabelleras de todos colores, negras, castañas, rubias, rojas, pero también rizadas, lacias, cortadas casi a rape, quebradas, algunas más brillantes que otras; todas moviéndose como un mar de pelo. Y aun así sólo nos miraron un instante, luego se vieron entre sí y gritaron:

—Doscientos diecisiete.

Todos nos quedamos pasmados y sumidos en un silencio absoluto.

El maestro saltó del toldo al cofre y del cofre a la calle, y corrió hasta donde estaban los bomberos.

Mientras tanto los gemelos se mantenían erguidos en el techo del autobús mostrando una sonrisa radiante que nadie de nosotros conocía.

Creo que yo fui el único que sospechó y el único que supo después el porqué de esa sonrisa.

Los gemelos acababan de conocer un nuevo número. Nunca antes se habían topado en persona con el número

217, y ahora, nosotros, todos los alumnos de la escuela juntos, acabábamos de convertirnos en ese número que de allí en adelante sería su amigo. Todos seríamos para siempre su 217. Bueno, todos excepto ellos mismos, que estaban en el toldo del camión y no se podían sumar al racimo de alumnos, y el niño de quinto grado que salió pálido del museo flanqueado por un par de bomberos, porque se había quedado encerrado en una de las salas de la planta alta.

Después se acabó el año escolar y los gemelos no volvieron para el siguiente grado. Creo que se mudaron de país o de ciudad.

Ahora, cuando veo un número en el calendario o en un billete de lotería o en el encabezado de un periódico, suelo pensar si ese número no será para los gemelos la cantidad de nubes que alguna vez habrán visto desde la ventanilla de un avión o un cardumen de peces contemplado en alguna costa del Caribe o el número de sonrisas que seguirán recibiendo de vez en cuando ante alguna de sus hazañas.

Lo que sí puedo afirmar es que desde el incendio, yo los comprendí. Cuando encuentro la cifra 217 escrita en algún sitio...

217

siempre nos veo a nosotros mismos, a toda la escuela, en aquel día del museo.

Y cuando me topo con el número dos...

2

cosa que sucede más a menudo, siempre los veo a ellos: los gemelos que tenían un millón de amigos. Y no puedo evitar saludarlos con mis cinco palabras de siempre, veintidós letras en total, nueve de ellas para mi propio nombre.

—Hola, yo me llamo Francisco.

SEGUNDA INTRODUCCIÓN

Si estás empezando a leer por aquí y no por la primera introducción, entonces puedes seguir jugando con este libro.

Este libro te invita a jugar a los viajes.

Yo viajo.

Tú viajas.

Ella viaja...

La cosa es que aquí no se coge una maleta ni se toma un avión ni se busca en un mapa el destino final de nuestro itinerario.

Aquí lo único que debemos llevar es a nosotros mismos y la única manera de emprender el viaje es saltar a las cabezas de la gente que nació distinta. ¿Para qué? Para ver el mundo desde sus propios ojos. ¿Por qué? Porque el mundo que ven ellos no es el mismo mundo que vemos nosotros.

Sin ellas y sin ellos, o sea sin la gente diferente, nosotros no tendríamos ni idea de que existen otros mundos junto al nuestro y que nuestro mundo no es el único ni el mejor. Apenas es el mayormente habitado y nada más.

Todas las niñas y los niños que aparecen en este libro han tenido que crearse un mundo; ellos lo han creado y ellos lo habitan. Sus historias son las puertas, los pasillos y el paisaje por donde hoy podemos pasar y pasear, a fin de conocerlos.

Es igual que una casa de los espejos adonde te vas a encontrar no con tu reflejo distorsionado sino verdaderamente con otra imagen que nunca habías visto. En cada espejo te espera un cuerpo distinto para que te metas dentro y vivas por un instante un ser diferente a ti.

Aprender de lo diferente, conocerlo, nos hace sabios. La sabiduría es la capacidad de introducir la mayor cantidad de mundo en tu mundo, la mayor cantidad de miradas en tu mirada, la mayor cantidad de voces en tu voz.

Un diccionario así no es un diccionario para resolver dudas, como cuando buscas una definición de una palabra en una enciclopedia tradicional, sino para creártelas. A este libro no se viene para encontrar tranquilidad o explicaciones, sino para provocarte perplejidad y asombro. De hecho, cada una de las palabras de este diccionario es un murmullo secreto que te dice: "Todos somos distintos. ¿Ya sabes cuál es tu diferencia? ¿Ya la aceptaste? ¿Ya vives con ella?"

LOS SECRETOS QUE SON CICATRICES

Los secretos siempre duermen en algún lugar. Son como los pájaros que todas las tardes buscan la copa de un árbol para pasar la noche. Muchos secretos están siempre al alcance de la vista pero como no sabemos despertarlos, no los vemos.

Ya dijimos que un sitio donde les gusta vivir es en los cuerpos de las personas, pero lo que no dijimos es que la mayor parte de ellos lo hacen en forma de cicatrices.

Un secreto dormido en forma de cicatriz se despierta sabiendo hacer las preguntas precisas.

Es lo que hizo Fernanda. Comenzó a hablar con las cicatrices de la rodilla de su mamá.

—¿Cómo? —las interrogaba Fernanda—. ¿Cómo llegaron allí?

Empezó a hablar también con una larga pero disimulada cicatriz que vive en la ceja de su papá, o sea de mí.

—¿Cuándo? —inquiría—. ¿Cuándo llegaste allí?

Y así supo que esa cicatriz venía desde que yo era niño, cuando me aventaron a una alberca sin agua, y que la cicatriz tenía muchos más años que la edad de ella, y que la cicatriz había ido creciendo conforme yo crecía y se volvió adulta y alguna vez se convertiría en una anciana.

Eso hizo Fernanda. Fue viendo las manos y los brazos y las piernas y los rostros y los cuellos y los hombros y las espaldas de la gente, y cada vez que se topaba con una cicatriz, se lanzaba a preguntar.

—¿Dónde?

—¿Por qué?

—¿Quién?

—¿Contra qué?

—¿Según quién?

—¿Hasta cuándo?

—¿Sin quién?

—¿Tras qué?

Preguntaba y preguntaba hasta despertarlas, hasta hacerlas hablar.

Algunas ocasiones, sin embargo, las cicatrices permanecían mudas. Como si un ratón les hubiera comido la lengua o se la hubieran comido ellas mismas para no confesar su secreto.

Ante esas cicatrices silenciosas que no tienen memoria o que no quieren compartir su memoria, existe un último recurso: inventar.

Cuando inventas es como cuando te vendas los ojos y lanzas dardos a un tablero que está clavado en la pared a tres metros de distancia.

Es cierto que en ocasiones los dardos se salen por la ventana o ponchan una pelota en el jardín, pero puede suceder lo inesperado: sacarte la venda de los ojos y encontrarte con que uno de los dardos está enterrado justo en el centro del tablero.

Cuando Fernanda vio la larga cicatriz en la pierna del hombre, ella comenzó a adivinar.

—Fue un latigazo.

—Fue un vidrio.

—Fue un choque.

Y así siguió adivinando hasta que le atinó.

—Fue él mismo, él mismo se lastimó.

El niño a quien se le perdió una pierna

A la gente se le pierden las cosas. Es normal, ¿no? Un reloj, un libro de estampas, un muñeco, una moneda. Pero, a veces, lo que se pierde es muy extraño. Una pierna, por ejemplo.

Una persona debería de saber siempre que una pierna es suya. ¿Pero cómo lo sabe? ¿Por un lunar? ¿Por la forma de la rodilla? ¿Por una cicatriz? ¿Cómo distingue la gente que la pierna con la cual camina es suya?

Todo empezó una tarde. Él había estado jugando la mañana entera y por eso no se sorprendió cuando sintió su pierna cansada. Creyó que sólo iba a recostarse un poco a descansar pero se quedó profundamente dormido. En la noche despertó a sus papás a gritos. Lo encontraron llorando en el suelo, y después se supo en todo el edificio.

Él había abierto los ojos en algún momento de la noche sólo para descubrir una pierna en su propia cama, una pierna cortada, medianamente envuelta en las cobijas, blanqueada por los rayos de la luna que se colaban desde la calle. No se movió durante mucho tiempo. La pierna estaba fría y quieta. Él no se atrevía ni a respirar para que esa pierna no fuera a cobrar vida. Al final se armó de valor, se sentó como pudo y usando las dos manos empujó la pierna cortada fuera de la cama.

Fue cuando gritó.

Y es que la pierna salió de la cama y cayó al suelo como él quería, pero entonces sucedió algo increíble: cuando cayó la pierna, él se fue detrás de ella, ¡la pierna lo jaló!, y también se desplomó hasta el piso donde descubrió horrorizado que la pierna fría, muerta y blanca, se le había pegado al cuerpo.

—Mírenla. ¡Es horrible! ¡Espantosa!

Estábamos sentados en la escalera del edificio y él vestía pantalón corto y señalaba una de sus piernas. La verdad es que nosotros la veíamos igual que la otra, igual de huesuda y pálida, pero él la sujetaba con las dos manos y la oprimía con una violencia extraordinaria, como si quisiera ahorcarla o como si deseara arrancársela de tajo. Lo intentaba de verdad. Luego comenzó a pegarle de puñetazos, aunque ya de por sí la pierna estaba llena de moretones. Cuando se cansó, mi hermanita le preguntó:

—¿Y entonces dónde está tu verdadera pierna?

—No sé, no sé —respondió él con lágrimas en los ojos, y nos contó que nadie le creía, que nadie le hacía caso, que si no le ayudaba alguien, esa pierna monstruosa se lo iba a comer.

Decidimos hacer algo por él, pero antes quisimos comprobar que no cometíamos un error.

Él se quitó los zapatos y los calcetines, se arremangó aún más el pantalón corto, y nosotros las comparamos, a sus dos piernas, las pusimos una junto a la otra... Y sí. La verdad es que los lunares no estaban en el mismo sitio y las uñas de ambos pies no crecían igual y los huesos del tobillo no se hallaban ubicados a la misma altura.

—A lo mejor tienes razón —le dije yo.

—Tengo razón —fue lo único que respondió.

Aquella noche, para atrevernos a hacer lo que íbamos a hacer, decidimos que las piernas tenían que ser como las uñas o como el cabello.

—O como los dientes —murmuró mi hermanita—. Es su pierna de leche.

Y siendo así, cuando le cortáramos la pierna, le saldría otra. Y fuimos por el serrucho.

Desde entonces ha pasado mucho tiempo. Mi hermanita ya no es una niña, el serrucho se oxidó y lo echaron a la basura, él todavía tiene la cicatriz en el muslo.

Aquella noche, al final, ni mi hermanita ni yo nos atrevimos a empuñar el serrucho, así que él lo hizo solo. Apoyó los dientes metálicos del serrucho en su pierna y aserró. Sólo lo hizo una vez pero eso bastó para que despertara a gritos a sus padres por segunda ocasión.

La herida cicatrizó pronto porque fue una herida superficial. Él creció, se volvió adolescente como nosotros, y aunque todavía sabe que esa pierna no es suya, fue dejando de propinarle puñetazos, y comenzó a adoptarla como si fuera una mascota. Empezó a sacarla a pasear y a bañarla en la misma tina que él y no como antes, que la enjabonaba en una cubeta aparte y la secaba con otra toalla, y fue aceptando ponerle los mismos zapatos y los mismos calcetines que usaba su otro pie, hasta que al fin las dos piernas terminaron por hacerse amigas e incluso ahora, que comienzan a parecerse tanto como dos gotas de agua, nuestro amigo ya no sabe muy bien cuál de las dos es la que se quedó a vivir con él.

LOS SECRETOS QUE TIENEN RABO Y LENGUA Y SON COMO CACHORROS

Existe un secreto importante que hasta ahora no ha sido revelado: los secretos a veces se sienten solitarios.

Por tanto esconderse han terminado quedándose abandonados como una pelota en el jardín: desinflados, enmohecidos por las lluvias, con un montón de lombrices debajo de ellos.

De pronto a estos secretos ya no les gusta ser tan secretos. Quisieran que alguien los descubriera y pudiera abrirlos como se abren las conchas del fondo del océano para dejar al descubierto la perla que guardan en su interior.

En fin, que anhelan una caricia.

El problema es que llevan tanto tiempo solos que se han vuelto huraños. Son como cachorros enfermos de soledad. ¿Has pretendido tomar entre tus manos un cachorro así? No conviene intentar acercarse a ellos porque siempre terminarán echándose a correr despavoridos con el rabo entre las patas y lanzando aullidos lastimeros.

Lo conveniente es lo contrario. Sentarse y esperar. Los secretos llegarán solos. Eso sí, demorarán mucho en alcanzar tu mano porque verás que dan un paso y retroceden dos, se tirarán panza abajo, chillarán un poco, y así irán avanzando, con mucho mucho miedo y mucha mucha precaución, pero al final, ya lo verás, sabrán llegar a ti para lamerte la mano con su lengua húmeda y caliente, y con una destemplada necesidad de cariño.

De esta manera le sucedió a Fernanda. Visitó semana tras semana el parque hasta que el secreto del niño que fue muchos niños llegó a ella y a lengüetazos le contó su historia y le ofrendó la perla que hasta entonces había guardado celosamente.

El niño que fue muchos niños

Cuando me duermo, necesito saber que quien despertará mañana bajo mis cobijas y dentro de mi ropa de dormir seré yo. Que reconoceré mi cuarto, reconoceré a mis padres y al mirarme en el espejo me reconoceré a mí mismo.

Eso se llama continuidad y la continuidad es una línea. Una línea entre el que fui antier y el que fui ayer y el que soy ahora y el que seré mañana.

Así:

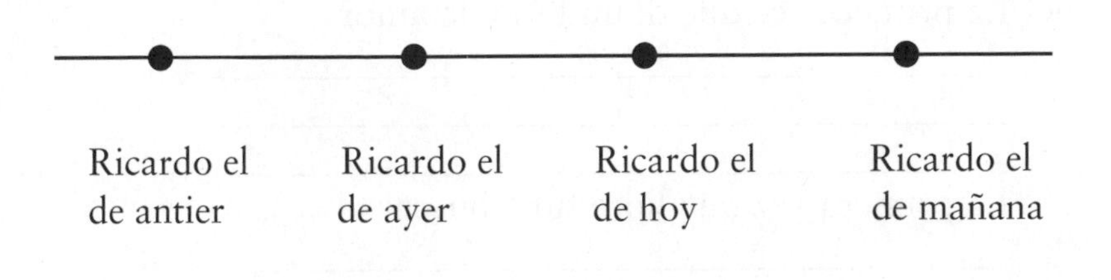

Esta línea es la que necesito al abrir los ojos en mi cama para decirme a mí mismo: "Hola, Ricardo".

Si miras bien, la línea es como un hilo. Y si lo piensas un poco, todos los hilos usan una aguja. La aguja es nuestra memoria y con ella vamos hilvanando una historia: nuestra historia.

Todos la hacemos, una historia de nosotros mismos para poderla contar frente a otras personas o frente al espejo. Con ese hilo vamos elaborando un collar. Es decir, vamos enhebrando cuentas con nuestro nombre y con el sitio donde nacimos y con la hora a la que solemos comer y con el sabor de helado que más nos gusta. O sea que vamos guardando recuerdos como si fuéramos metiendo botones en el hilo y los botones fueran las respuestas a preguntas como éstas:

Yo me llamo ______________________
Tengo ________________ años
Los nombres de mis amigas son
____
____
____
Lo que más me gusta es ______________
Si saliera un genio de la lámpara, yo pediría
1. ____________________________
2. ____________________________
3. ____________________________
Mi color preferido es ________________
Mi día favorito es __________________
Mi fantasía predilecta es ______________
La primera vez que di un beso de amor
____
____
____
La primera vez que lloré fui a buscar a
____
La primera persona querida que se me murió se llamaba
____
Lo que más me hace reír es
____

Y así, porque nosotros somos coleccionistas de nosotros mismos y vamos guardando en nuestra memoria lo que nos sucede y las ideas que se nos ocurren,

y los libros que más nos gustaron,
y nuestras peores pesadillas,
y las cicatrices que nos quedaron en la piel,
pero también en el alma,
y los días más felices de nuestra vida,
y las enfermedades que nos pusieron en cama,
y nuestro álbum de personas adoradas.

¿Pero qué ocurre cuando te miras al espejo y no te reconoces? Cuando a veces dices "me llamo Juan" pero al día siguiente dices "soy Pedro" y un día después musitas "mi nombre es Fernando" o "Lucio" o "Sealtiel".

¿Qué pasa cuando no hay una línea de continuidad, y entonces no existen ni el hilo ni la aguja ni los botones, y no hay modo así de tejer ninguna relación entre tú (el de ayer) y tú (el de hoy)?

Es lo que le sucedía a Francisco. ¿O se llamaba Pedro? ¿O Rodrigo? Bueno, eso es lo que le ocurría a él.

¿Alguna vez has tenido un amigo que es muchos?

Él, mi amigo, era muchos.

—Hola. ¿A que no adivinas de dónde vengo? Han levantado un circo frente a mi casa. Me despertaron los rugidos de los leones. Cuando abrí la ventana pude oler...

Pero de pronto se callaba, te miraba un instante y recomenzaba:

—Ayer nos quitaron la casa porque papá no pudo pagar la hipoteca. Yo entré en mi cuarto por la noche y vi mis cosas y supe que no me las iba a poder llevar todas. Por primera vez entendí que eso puede ser la vida. Como irte subiendo a trenes sucesivos con apenas una maleta donde vas empacando lo más importante. Supongo que las cosas más entrañables son las que pasan de maleta en maleta y de tren a tren, y te acompañan toda la vida. El caso es que yo no cogí nada y mientras papá, mamá y yo dormíamos en la estación del ferrocarril, pensaba que...

Y se callaba de nuevo.

Así, cuando menos lo esperabas, mi amigo se transformaba otra vez.

No es que cambiara por fuera, no. Mantenía el mismo pelo negro, los mismo ojos alargados, las mismas pecas en ambos costados de la nariz. Mi amigo se transformaba por dentro. Era su memoria. La memoria de él no duraba mucho. Era como esos juegos en donde echas una moneda y un caballito, por ejemplo, comienza a moverse; pero de pronto se acaba el tiempo y el caballo detiene su galope y retorna a su indefensa e involuntaria quietud.

Simplemente su memoria se detenía y, cuando volvía a funcionar, empezaba siempre por otra historia donde él ya no era él.

Sucedía como si el interior de su cabeza siempre estuviera atravesado por tormentas de viento, y las ráfagas se lo llevaran todo. La cabeza de mi amigo volvía a levantar figuras y lugares reconocibles, como cuando juegas con muñequitos y castillos, pero, por supuesto, el viento retornaba de nuevo, y le tiraba una y otra vez el mundo que se había hecho para orientarse.

Entonces él tenía que inventarse rápido otro nombre y otros recuerdos para no quedarse vacío por dentro.

Tienes que imaginar que es como si viviera en una tienda de disfraces, y no parara un sólo momento de mudarse de ropajes y máscaras.

A nosotros nos confundía.

—Ayer fui con mis abuelos... —empezaba.

Y de golpe...

—Mis abuelos viven en un iglú en el polo norte...

Y luego, sin ninguna conexión:

—La vez en que murieron mis abuelos...

Y si uno de nosotros le decía que se equivocaba:

—Oye, yo vi a tus abuelos ayer en tu casa.

Si decías algo así, él cambiaba y cambiaba la historia.

—Es que ésos son mis otros abuelos, los que nacieron en Rusia y no hablan español, así que se comunican a señas, y yo ya he ido aprendiendo unas palabras como gruñidos para desearles "buenas noches" o para preguntarles "¿cómo se conocieron?"

Y así se seguía inventando, rápido, una historia tras otra.

Sus recuerdos le duraban sólo unos cuantos minutos, como si fueran una paleta de hielo abandonada bajo los rayos del sol, y después se derretían.

—¿Y mi manzana?

—Ya te la comiste.

—¿Cuándo?

—Ahora mismo.

De un minuto al siguiente se le olvidaba la historieta que acababa de leer y la podía leer de nuevo como si fuera nueva. Se le olvidaban el programa de televisión que acababa de mirar y la conversación que recién acababa de tener con nosotros.

Lo peor era cuando te miraba con el ceño fruncido y te decía:

—¿Quién eres tú?

Simplemente de un momento a otro ya no se acordaba de ti. Y entonces nos llamaba con otros nombres y nos confundía con el hijo del médico, con la pandilla del otro barrio, con alguien a quien nosotros ni siquiera conocíamos, y empezaba a referirnos hechos que nunca nos habían sucedido.

—*Al fin se te curó el brazo roto* —te decía.

Y tú:

—A mí nunca se me ha roto ningún brazo.

—*Vamos, te caíste del árbol. ¿Recuerdas?* —continuaba él, terco.

Y tú:

—Que yo no me subo a los árboles.

Y así.

Pero era nuestro amigo y, aunque a veces nos confundía hasta desesperarnos, la verdad es que también podía ser divertido. ¿Se imaginan? Parecía haber estado en todas partes y haberlo hecho todo y haberlo conocido todo.

Una vez nos dijo que se llamaba Jamal y que había nacido en una isla cercana a costas africanas. Que allí buceaba siempre y que un día...

—*Un día mi madre y yo buceábamos cerca de un arrecife de coral cuando mi tanque de oxígeno se quedó vacío. Empecé a ahogarme. Igual que si un puño enorme me hubiera cogido por el pecho y estuviera oprimiéndome. Me acuerdo que todo se fue volviendo oscuro... y luego, lo siguiente que recuerdo es el brazo de mi madre alrededor de la cintura y ella sacándose la boquilla del oxígeno y poniéndomela en la boca. Así subimos a la superficie, turnándonos para respirar.*

De pronto Jamal desaparecía.

—*Seguramente ustedes han oído hablar de mí* —recomenzaba, extendiendo la mano y presentándose—. *Vangueti. Clarinetista. Niño prodigio, afamado en todo el mundo, hasta que se me ocurrió descubrir el silencio. ¿Ustedes saben algo de música, no es cierto? Una mañana en que tocaba el clarinete en uno de los palacios que me hospedaba para una exhibición ante el Rey, descubrí que entre nota y nota existía una música distinta: el silencio. Si ustedes dicen dos palabras, siempre tiene que existir un silencio entre esas dos palabras porque de lo contrario los sonidos de las palabras se juntarían y no entenderíamos nada. Siempre usamos el silencio para separar sonidos. ¿Pero y si pudiera ser al revés? Eso se me ocurrió aquella mañana. Claro que existía un problema grave: el sonido se puede convertir en muchos sonidos sabiéndolos combinar, pero eso no ocurría con el silencio. Al parecer sólo existe un silencio. Sin embargo yo descubrí que el problema era humano y no de la música. No habíamos sabido desarrollar el silencio como desarrollamos el sonido. Durante semanas lo que hice fue combinar silencios, silencios de todos tipos, y el día del concierto ante el Rey, bueno, pues dejé el clarinete en el piso e hice una música nueva, silenciosa, como cuando lloras pero te cubres la boca para no dejar escapar ningún gemido o como cuando aspiras lentamente para reunir el aire que requiere un suspiro o como cuando terminas de besar a alguien y le miras meciéndote en el silencio de su mirada porque no es necesario decir nada.*

La verdad es que en ocasiones no entendíamos ni una pizca de lo que hablaba, pero entonces su memoria pegaba un brinco y si corríamos con suerte comenzaba a contarnos que su mamá era una científica famosa y cuando no tenía a mano un conejillo de indias, pues ella lo usaba a él para experimentar inyectándole líquidos fosforescentes que lo transformaban en una persona invisible o en alguien con la capacidad de leerte el pensamiento.

Otras veces —nos decía— llevaba años viviendo en hoteles con una familia de diplomáticos que lo adoptó o era nieto de un célebre escapista del siglo pasado y él estaba decidido a proseguir la vocación del abuelo con cadenas y camisas de fuerza y baúles lanzados a las cataratas del Niágara.

Era increíble su capacidad para convertirse en otro. Yo apenas podía creer que pudieran caber tantas personas en una sola persona. Nos asombraba, nos dejaba boquiabiertos, y así era fácil que se te olvidara lo trágico de su destino.
Él no construía historias por placer como lo haría un mentiroso.

Se creaba mundos
para no desaparecer con el mundo en turno que se le iba borrando en cada instante.
Imagínate.
Era
como
si viviera
en una hoja
llena de palabras...

> Y él estaba lleno de recuerdos
> y se acordaba del día de su
> cumpleaños. Y cuando veía
> a alguien en la calle, lo
> reconocía y lo saludaba.
> Podía enlistarte sus diez
> días más felices y sus diez
> momentos más tristes y las
> diez canciones que lo
> obligaban a callar y a mirar
> por la ventana, y los diez besos
> más bonitos que le habían dado,
> y las diez historias más
> inolvidables que conocía, y
> poseía un calendario donde
> había circulado con plumón
> muchísimas fechas especiales
> para él

y luego

nada, la hoja se blanqueaba y él se
quedaba sin saber quién era.

En el fondo notábamos su desesperación. La realidad se le desaparecía incesantemente. Y es como si él tuviera que construir y construir puentes para escapar del mundo que se le iba olvidando y para llegar de inmediato a un mundo sustituto. Nos hacía pensar que se la pasaba corriendo, y que corría no tratando de alcanzar nada sino para escapar de algo. Siempre tenía el rostro tenso, las manos crispadas.

Por eso de pronto se quedaba dormido. Donde estuviéramos, con quien estuviéramos, a la hora que fuera, se le doblaban las rodillas y terminaba tendido en el suelo. Sólo entonces cesaba esa intensa angustia que nos hacía pensar en un niño perdido dentro de un parque de diversiones que vagaba llamando a gritos a su madre. Cuando se dormía, todo su cuerpo se relajaba, y sabías que sería terrible si alguna vez perdiera el sueño.

Lo peor es cuando aparecía en su rostro esa expresión de desconcierto patético. Sucedía muy pocas ocasiones pero entonces casi podías jurar que él sabía lo que le sucedía a su memoria. Lo que lo salvaba es que lo olvidaba al instante. El terror se le perdía en otro remolino de desmemoria. Le sucedía como en esas películas del cine donde se abre la tierra y las enormes grietas del suelo se lo tragan todo, lo bueno y lo malo. Abismos de olvido abriéndose a sus pies continuamente, y la única forma de saltar y de salvarse era no llevar nada consigo para evitar el sobrepeso que lo habría sujeto al piso y luego lo habría jalado al fondo. Como él dijo, o como dijo uno de los tantos que era él, un viaje infinito de trenes pero con la maleta siempre vacía.

Todo tiene su aspecto bueno: su madre murió, pero él no lo sabe. No puede saberlo por causa de su desmemoria, y por eso no sufre.

Así que nuestro amigo no ha perdido el sueño ni el hábito que su mamá le enseñó.

Su mamá fue quien descubrió que su hijo necesitaba un refugio. Algo semejante a una isla sólo para él o, mejor sería decir, un lugar que no se le desapareciera a pesar de su memoria efímera. Así que le enseñó un sitio donde él no necesitaba hablar ni crear mundos. Es un jardín, uno de los jardines de un parque enorme, y ella le enseñó a ir solo.

Lo que su madre descubrió es que únicamente cuando está solo, guarda silencio y cesa de inventarse nombres e historias... ¡porque no las necesita! Y así descansa de sí mismo. Como si al final de cuentas sí existiera ese famoso clarinetista Vangueti, y de verdad hubiera descubierto la música del silencio.

Nosotros lo llevamos al parque siempre que podemos. Le decimos que vamos a jugar a las escondidillas, nos escondemos... y entonces se olvida de nosotros.

Cuando lo dejamos solo, vaga tranquilo. Su mamá tenía razón. Es la presencia de las personas la que lo inquieta y lo obliga a enredarse en un discurso frenético e infinito. Las plantas, los árboles, el jardín silencioso, permiten que esa búsqueda inagotable de nombres e historia se afloje por completo.

Luego, cuando creemos que ya es hora de llevarlo a casa, reaparecemos. Y bueno, él empieza otra vez.

—*Ayer mi mamá me dijo que todas las personas se van convirtiendo en un mapa donde van dibujando, con sus propias vidas, los mejores puertos para zarpar, las coordenadas riesgosas en donde existe el peligro del naufragio, los faros que te protegen y te alumbran, las tierras maravillosas a donde cada quien quisiera soltar el ancla y detenerse al fin...*

Nosotros ni siquiera intentamos acallarlo. Sabemos que es nuestra mera presencia la que lo obliga a hablar. En lugar de eso, le echamos el brazo sobre su hombro. Y bueno, así nos vamos juntos porque es nuestro amigo. O tendríamos que decir que todos esos niños que lo habitan son nuestros amigos, y seguramente si su madre viviera, estaría tan orgullosa de nosotros como para que, de habernos estado ahogando con ellos en esa isla de las costas africanas, ella hubiera puesto la boquilla del oxígeno en nuestras bocas a fin de llevarnos también a la superficie tranquila del mar.

LOS SECRETOS QUE SE GUARDAN EN UNA ALCANCÍA

Todos conocen lo que es una alcancía y para qué sirve. Lo que muy pocos saben es que existen muchos tipos de alcancía y no en todas se echan monedas.

Hay una alcancía especial que sirve para ahorrar secretos. La usas igual: siempre que tienes un secreto lo guardas y sabes que un día romperás la alcancía para sacar todos los secretos que tiene allí adentro. La diferencia es que aquí no quieres comprar nada como cuando reúnes montones y montones de monedas. Aquí se abren las alcancías cuando vas a ver a ciertas personas.

Para eso se ahorran secretos. Porque hay personas a las que llega todo lo que debe saberse. Esas personas a veces se llaman "médico" o "sacerdote" o "psicólogo", y a ellas se les cuenta lo que no se platica a nadie más: dolores vergonzosos, sueños muy extraños, pensamientos que cuesta trabajo poner en palabras.

Esas personas saben muchísimos secretos. Son como una alcancía mayor y más grande que las alcancías de cada persona. Alguien les ha llamado "cementerios de elefante".

Cuando los elefantes van a morir, buscan un sitio especial adonde han ido otros antes que ellos. Es un sitio lleno de esqueletos y colmillos.

Cuando les nombran "cementerio de elefantes" a las personas que guardan los secretos de la gente, en realidad se está queriendo decir que los secretos mueren al llegar a sus oídos y ya nadie más los va a ver vagar en manada ni recorrer los bosques ni meterse a los lagos para darse un chapuzón.

La mayor parte de las veces sucede así porque ni los psicólogos ni los sacerdotes ni los médicos comparten los secretos confidenciales que les contaron las personas.

Pero hay ocasiones en que los secretos sí se comparten. No necesariamente divulgándolos en palabras sino usán-

dolos para ayudar a alguien. Como cuando una persona está siendo arrastrada por la corriente de un río y tú usas una rama para salvarla. Podría decirse que eso le sucedió a la niña que sólo veía la mitad de las cosas.

La niña que sólo veía la mitad de las cosas

Argentina parecía una niña igual a todas, pero no lo era. Para ella las bicicletas únicamente tenían una rueda, los pájaros volaban con un ala y todas las personas caminaban tan sólo con una pierna.

Argentina sólo veía la mitad de las cosas.

A la hora de comer, siempre dejaba intocada la mitad de su comida porque era incapaz de notar la mitad del arroz que se hallaba en la parte izquierda
del plato. Así que si se quedaba con
hambre, su mamá empujaba su plato
un poquito a la derecha,
y luego otro poquito,
y un poquito más,
hasta que Argentina veía
aparecer, como por arte
de magia, más arroz, y
comía y comía...

...pero otra vez dejaba intocada
una nueva mitad de arroz

y luego otra mitad
y luego
otra
hasta que se le acababa el hambre.

Ella no veía la parte izquierda de nada. Ni la mitad izquierda de las nubes, ni la mitad izquierda de los edificios, ni la mitad izquierda de los automóviles.

Incluso cuando escribía su nombre

Argentina

Ella sólo veía

tina

Así que les secreteaba a sus papás que ella se llamaba "Argentina" para las voces pero "Tina" para la escritura.

A ella le gustaba mucho el medio mostacho de su papá, el medio árbol de su medio jardín, la mitad del globo que flotaba en la mitad del techo de la mitad de su recámara. Le encantaba el medio sol que veía desde su ventana por las mañanas, las medias estrellas que observaba cintilar por las noches, pero sobre todo le maravillaba el corazón completo de su hermano menor.

Ella descubrió el corazón completo de su hermano el día en que ella cumplió ocho años.

Un día antes, en la víspera del cumpleaños, cuando ya todos dormían, el hermano menor abrió los ojos, salió de la cama, cruzó la puerta de su pieza, bajó las escaleras y llegó a la sala.

Lo primero que empujó fue el sillón.
Lo empujó del extremo izquierdo de la sala
con mucho, mucho esfuerzo
hasta que el sillón chocó con la
pared derecha de la casa.
Luego cargó la pecera,
cuidando de no derramar ni una gota de agua,
y puso el pez dorado sobre el sillón.

Lo mismo hizo con las macetas, con los cuadros y con las lámparas de pie.

Entonces caminó hasta el comedor, y desde allí vio su obra:
el sillón
la pecera
las macetas
los cuadros
la lámpara de pie
y le gustó.

Sonriendo satisfecho, se sacudió las manos en los pantalones y luego fue hacia la cocina.

De allí en adelante fue lo mismo: sitio de la casa adonde
llegaba, sitio de la casa
adonde todo terminaba
orillado hacia la derecha:
lo mismo las cazuelas y
las ollas que la estufa
y el refrigerador.

En el estudio sacó todos los libros de los estantes....
...y los

apiló

en una torre

que llegaba

al techo

y que

por un
instante
se bamboleó
un poco

y otro poco
como si se fuera a
caer...

pero al

final

no se

cayó.

Dos horas después de la medianoche, él acabó de armar su regalo. Se frotó los ojos por causa del cansancio. Y lo vio. Y se sintió feliz.

Estaba feliz porque gracias al regalo sorpresa que le había preparado a su hermana, ella conocería al fin la mitad del mundo que no había visto nunca.

Pero entonces sucedió la catástrofe.

Con tanto peso en uno de sus costados, el mundo entero
comenzó a ladearse hacia la derecha como
si fuera un barco a punto de hundirse.
El automóvil de su papá se deslizó hasta chocar con la cerca.
Se patinaron todas las casas del vecindario, resbalaron
los postes de la luz y los puentes de todas las calles.
Fue tan grande el sobrepeso que la luna
cayó como desde una resbaladilla
a lo largo de la noche oscura
hasta chocar con la tierra
y le siguieron todas las estrellas.

De un momento a otro,
todo el mundo
quedó amontonado del
lado derecho. Habían bicicletas
y ballenas, árboles y como un millón
de zapatos. Las montañas se enredaron
con la ropa seca de los tendederos y las
chimeneas con las cucarachas. Al zoológico
se le abrieron todas las jaulas, y de un momento a otro
terminaron patas arriba los changos, las jirafas, las hienas
las avestruces, y todos, todos, todos los elefantes.

El agua de los lagos y los ríos se inclinó tanto tanto tanto

que se chorreó por
toda la llanura y todos los sembradíos
inundando las casas, los nidos de los pájaros, y
hasta llegó a humedecer los calzones grises de las nubes.

FUE UN DESASTRE

UN DESASTRE

Así que el hermano menor
tuvo que volver a la sala
y empujar
de nuevo
el sillón
hasta
devolverlo
a su sitio
original
pegado
junto a
la pared
izquierda.

Lo

mismo

hizo con

la pecera

y con los

cuadros

y con la

lámpara

de pie.

Y

poco

a poco,

el zoológico

y las casas

y el agua de

los mares y las

estrellas y la luna

fueron retornando solos

a sus lugares de siempre

y el mundo se volvió
a equilibrar.

Todo estaba bien excepto el hermano menor. Él sintió ganas de llorar porque en un instante el regalo que tanto trabajo le costó armar para su hermana había desaparecido y ahora no tenía nada para ofrecerle. Quiso llorar pero estaba tan cansado que, cuando cerró los ojos para expulsar la primera lágrima, simplemente se quedó dormido.

Cuando despertó, bien avanzada la tarde, su hermana se estaba peinando la mitad derecha de su larga cabellera negra, ya tenía puesto su calcetín derecho, su zapatilla de charol del pie derecho, todas las pulseras de su mano derecha. Ya se había lavado la mitad de la boca, ya se había puesto media blusa y la mitad del pantalón de pana. En pocas palabras, estaba medio lista para la celebración y por eso su mamá le ayudó a ponerse lista por completo.

El pastel tenía dieciséis velas para que ella viera las ocho del lado derecho.

La mesa estaba llena de medios regalos que le habían traído sus tías y sus primos y sus amigas y su papá y su mamá y...

...¿dónde estaba el regalo de su hermano?

La niña dejó de ver las medias sonrisas de todos sus familiares para volverse a buscar a su hermano. Lo encontró junto a la pecera, con medio rostro bañado en lágrimas: las lágrimas que resbalaban desde su ojo derecho.

Vio a su hermano, se acercó lentamente y, besándole una mejilla, desplegó la hoja donde su hermano le había dejado escrito el mejor regalo que le dieron ese día.

Argentina

—También para la escritura me llamo "Argentina" —le murmuró emocionada al oído.

Y luego le besó la otra mejilla aunque no la veía.

—Aunque sólo veo la mitad de lo que tú puedes mirar —le dijo sonriendo—, ahora sé que hay personas con un corazón completo.

FIN

del medio libro que nos tocaba escribir a
Fernanda y a mí.

De aquí en adelante te toca escribir la otra mitad,
agregándole tus propios secretos
para hacer de este libro...

tu propio libro.

Y entonces éste no es el final del diccionario,
sino tu...

PRINCIPIO.

¡Bueno sea tu viaje!

Fernanda y los mundos secretos
de Ricardo Chávez Castañeda
se terminó de imprimir
en Impresora y Encuadernadora
Progreso, S.A. de C.V. (IEPSA),
Calz. San Lorenzo 244, 09830, México, D. F.,
durante el mes de enero de 2008.
El tiraje fue de 10 000 ejemplares.